Geno Hartlaub
*Der Mann, der nicht
nach Hause wollte*

Geno Hartlaub

Der Mann, der nicht nach Hause wollte

Roman

Luchterhand
LITERATURVERLAG

© 1995 Luchterhand Literaturverlag, München
Ausstattung Ina Munzinger, Berlin
Satz aus der Sabon von Amann Fotosatz, Aichstetten
Druck und Bindung durch Ebner Ulm
Alle Rechte vorbehalten. Printed in Germany
ISBN 3-630-86852-5

I

Antons Nachbar in der überfüllten Aula der heimatlichen Universität aß ein Käsebrot, knisterte mit Papier. »Hunger«, sagte er zu Anton, den er flüchtig kannte, »höhlt mir den Leib aus. Der Magen knurrt nicht, er beißt zu.« Kann nicht zuhören, dachte Anton, werde nie wissen, was der Professor auf dem Katheder über Schuld und Verantwortung sagt. Nur der Klang seiner Stimme mit dem norddeutschen St wird mir in Erinnerung bleiben, hell und klar. Woher der Professor seine Sicherheit nahm? In Antons Bauch grummmelte noch das Gebrüll des Feldwebels und der Gefangenenwärter. Der da vorn auf dem Katheder versprach ihnen die Freiheit. Anton hatte schon lange vergessen, was das ist, ob er es überhaupt wollte.
Hitze, verbrauchte Luft, Gestank nach feuchtem Uniformstoff und Schweiß. Eines der Mädchen sagte »still«, obgleich Anton gar nicht redete. Es hatte ein mageres, pickliges Gesicht und fettiges Haar, trug ein selbstgenähtes Kleid aus Vorhangstoff. Die Studenten, Spätheimkehrer aus der Kriegsgefangenschaft, kamen in ungewendeten Uniformen ohne blinkende Metallknöpfe und Lametta auf den Schultern. Wenn Anton die Augen zukniff, war ihm zumute, als sei er mit ihnen auf einem Transport im überfüllten Personen- und Güterzug nach Osten, in den Bezirk des Verendens und Verreckens. Tod war ein viel zu großes Wort für das, was die meisten erwartete. Anton entschloß sich, das Wichtigste der Vorlesung mitzuschreiben; er besaß noch ein Schulheft aus der Vorkriegszeit. Im schwachen Licht der Jugendstilleuchter zeichnete er den großen Mann mit dem schweren Kopf, dem aus der Stirn gestrichenen dünnen Haar und den klaren Augen, deren Blick in die Ferne gerichtet war. Der Philosoph sah zugleich krank aus – blasse transparente Haut – und mächtig, fast göttergleich – mehr griechisch als römisch. Schwierig zu zeichnen war sein Mund, der redete, fast ohne die Lippen zu bewegen. Er erklärte den Unterschied zwischen Dasein und Existenz, sprach von Grenzsituationen wie Liebe, Schuld, Todesnähe. Er

senkte die Stimme, einen Augenblick schien er nach Atem zu ringen. Jeder der Erstsemester spürte seinen Blick, alle trugen ihren Anteil an der falsch verteilten, niemals ganz aufhellbaren Schuld. Die Sprache des Lehrenden war einfach. Anton mußte an Sokrates denken.

Kollektivschuld war das am meisten gebrauchte Wort in jenen Tagen. Soweit Anton es verstand, war der Allwissende dagegen. Er sprach von Verantwortung verschiedener Grade, an der alle beteiligt waren, auch die Passiven, die sich wie Anton um nichts kümmerten, was nicht befohlen war. Da er schwer folgen konnte, notierte er neben seiner Skizze mit kaum leserlicher Schrift Stichworte. Ein Beispiel: Verantwortung verwandelt sich in Schuldgefühle. In meiner Familie geschieht ein Verbrechen. Die Überlebenden fühlen sich so, als hätten sie die Tat begangen, in ihnen fließt das gleiche Blut, sie haben ähnliche Gedanken. Der zweite Grad der Mitverantwortung: Im Haus, in dem ich wohne, wird auf der Treppe ein Nachbar, den ich nur flüchtig kenne, getötet. Alle Bewohner nehmen aus Neugier oder Lust am Bösen an den polizeilichen Untersuchungen teil, wollen Zeugenaussagen machen, mitspielen bei der Lösung des Rätsels. Drittens: Etwas Ungeheuerliches ist geschehen in der Stadt, in der ich von Kind auf lebe. Menschen haben gemeinsam ein Verbrechen begangen. Man kennt die Namen der Regierenden, die das Schreckliche über die Regierten, die sie gewählt haben, bringen. Der Diktator ist unerreichbar, strahlt Faszination aus. Hier überschneiden sich die Kreise. Aus Verantwortung wird Schuld. Wer ist imstande, diese Schuld zu erklären und ihr Gewicht abzumessen? Anton kritzelte eifrig mit. Ihm war nicht klar, ob er alles verstanden hatte, trotz der Einfachheit und Klarheit der Sätze. In welche Kategorie würde er sich selbst einordnen? Nicht jeder ist ein Tatmensch. Manche versuchen mit dem Wort zu wirken, wie der Mann am Katheder. Anton saß ziemlich weit hinten zwischen dem Käseesser und dem Mädchen mit den Zöpfen.

Er war auf einmal sehr müde und schlief mit offenen Augen, das hatte er in Kasernen und Baracken gelernt. Er schreckte auf, als der Dozent, wie er sich in falscher Bescheidenheit nannte, mit glasklarer Stimme verkündete: »Sie haben sich für ein Studium entschieden. Sie werden Ihr Ziel erreichen, ebensogut können Sie scheitern. Es gibt ein gutes Scheitern. Jeder Mensch, der die Freiheit liebt, ist sich dessen bewußt.«
In der Aula war es sehr still, doch Anton merkte, wie sich Widerspruch zusammenballte.
Einundzwanzig, mündig, geschäftsfähig, veranwortlich für alles, was er tat oder unterließ. Freiheit – das Wort kam ihm vor wie eine Fahne, die im Sturm flatterte und schließlich zerriß, so daß nur noch Fetzen übrigblieben. Anton überhörte das Klingeln, das das Ende der Doppelstunde anzeigte. Es folgte überwältigender Lärm. Alle schienen im gleichen Augenblick aufzuspringen und zur Tür zu drängen. Jetzt sind sie frei zu tun, was sie wollen, dachte Anton. Manchen sah man noch den schleppenden und kräftesparenden Gang von Gefangenen an. Anton trat einen Schritt zurück. Ihm war schwindlig, ein Hauch aus höheren Sphären, wo die Freiheit zu Hause ist, hatte ihn gestreift.
Der Allwissende ging mit langen Schritten über den Mittelgang zur Tür. Wo er erschien, bildete sich eine Gasse. Die Studenten, die der Professor fast um einen Kopf überragte, wichen vor ihm zurück. Vor der Tür, die ins Treppenhaus führte, war ein Strudel entstanden. Zu viele wollten auf einmal hinaus. Mit hoher, etwas nörgelnder Stimme rief der Allwissende: »Früher war es üblich, den Dozenten als ersten aus dem Vorlesungssaal zu lassen.« Das Zeremoniell, auf das sich der Professor berief, hatte etwas Feierliches an sich, es erinnerte Anton an eine Kirche, wo dem Pfarrer auch besondere Rechte zustanden. Jeder Besucher des Gotteshauses wich zurück, um ihm den Vortritt zu lassen.
Anton nahm immer zwei Treppenstufen auf einmal. Er war froh, im Freien zu sein. Er fühlte sich von wölfischem Hunger

befallen wie sein Nachbar in der Aula, der während der Vorlesung ein Käsebrot gegessen hatte.

Seine Lebensmittelkarten hatte er auch noch nicht abgeholt, obgleich heute der letzte Tag war, an dem sie ausgegeben wurden. Das Amt, in dem man erscheinen mußte, um die Karten persönlich in Empfang zu nehmen, lag etwa einen Kilometer vom Universitätsplatz entfernt in einem ehemaligen Schulgebäude. Schon eine Weile stand Anton in dem weißgekalkten Raum, durch den sich die Menschenschlange in vierfacher Windung krümmte. Ihr Kopf vor der Schaltermündung war klein, spitz, flinkäugig. Ständig wechselte sie ihr Gesicht. In der Mitte quoll der Bauch auf, dort drängten sich die Menschen zu dritt und zu viert nebeneinander. Das Schwanzende, wo die Neuhinzugekommenen in lockerer Verteilung standen, hatte eine keck geringelte Spitze. Manche, die wie Anton dort ankamen und den Kopf der Schlange perspektivisch verkleinert in der Tiefe des Raumes erblickten, kehrten um.

Immer wieder bröckelte der Schlangenschwanz ab, doch an der Bruchstelle wuchs er sogleich nach mit einer kleinen Verdickung. Vom zehnten Glied an gewann er an Festigkeit, dort begann das Rückgrat der Schlange, Wirbel folgte auf Wirbel, Glied auf Glied. Von Zeit zu Zeit betrachtete Anton seine Nachbarn in der Kette: die Matrone, deren Gesicht vom Strohhut beschattet war, den noch uniformierten hageren Burschen. Nichts hatten die beiden miteinander gemeinsam, und doch waren sie auswechselbar als Wirbelglieder der Schlange. Anton spürte, wie auch er sich allmählich anpaßte an den geblähten Leib. Bald würde er nichts mehr sein als ein Stück des Verdauungsorgans, eingehüllt in eine Wolke von Wärme und Dunst.

Eine Frau rief: »Der da hat sich vorgedrängt.« Dunkles Raunen aus dem Innern des Schlangenleibs begleitete ihre Worte. Die Schlange erwachte aus ihrem Dämmerschlummer. Nachbarn entdeckten einander, redeten miteinander, als

seien sie alte Bekannte. »Heute gibt's Zucker für Kinder auf Abschnitt A.«
»Mein Sohn ist aus Rußland zurückgekommen, liegt im Krankenhaus – Entkräftung. Sie verlangen ein Attest.«
Vorn an der Schaltermündung wurden die Stimmen leiser, angstgepreßt.
»Stempel der Polizei? Aber ja doch, hier. Wo ich mich aufgehalten habe in der letzten Periode? Das geht aus den Papieren hervor.« Anton fragte nicht mehr, wie lange er anstand, er hatte die Zeit überwunden. In manchen Augenblicken wußte er nicht, worauf er eigentlich wartete. Bis er sich plötzlich ausgespien fühlte wie Jonas vom Walfisch. Zugluft umgab ihn, Wasserdunst.
Hinter dem Schalterloch saß ein ältliches Fräulein, das Karten abzählte, die Finger mit den Lippen befeuchtend. Er starrte sie an: Dies also war die Göttin, vor der sich die Schlange wand. Sie hatte etwas wie einen Strahlenkranz von aschblonden Härchen um den Kopf. Ihre Lippen kräuselten sich widerstrebend: »Bitteschön?« Anton zeigte seinen Ausweis vor. Der Schreibfinger des Fräuleins deutete auf eine Stelle des abgegriffenen Papiers. Anton legte die Stirn in Falten, verzweifelt grübelnd, was dieser Fingerzeig bedeutete. Noch einmal kräuselte sich der Mund: »Stempel vom Wohnungsamt? Aufenthaltserlaubnis?« Ein feines Zucken der Augenbrauen bedeutete: Meine Geduld, die göttliche, ist bald zu Ende.
»Aber«, stammelte Anton, sich am Schalterrand festklammernd, in seinem Rücken spürte er den drohend anwachsenden Widerstand der Schlange, »hier ist doch ...«
»Abgelaufen.« Die Stimme der Göttin rückte von ihm ab in kalte, unmenschliche Fernen. »Verfallen.«
Im gleichen Augenblick fühlte er sich weggeschleudert. Ein anderer Kopf füllte die Schalterlücke. Um Anton war ein Überfluß an Luft und Raum, er wußte nicht, wohin er sich wenden sollte. »Also keine Lebensmittelmarken«, hörte er

die Frau mit dem Blumenhut hämisch lachend sagen. »Eine Fastenkur ist noch jedem gut bekommen.«
»Keine Arbeitserlaubnis?« fragte ein Uniformierter an seiner Seite.
»Ich bin Student«, sagte Anton.
Alle, die es gehört hatten, lachten.
Anton fand es bedrückend schwül, als er in sein mühsam gefundenes Quartier, ein möbliertes Zimmer in der Altstadt, mit schleppendem Schritt ging. Die Kirchenglocken des Heiligen Geistes läuteten, um ihn an seine Pflichten als Student zu erinnern. Er schlief immer länger, als es der Tageslauf erlaubte. Einen Wecker besaß er nicht. Der Wechsel des Lichts und der Tageszeiten genügten ihm zur Orientierung, seine innere Uhr funktionierte zuverlässig wie sein Herzschlag und Puls. Er war gesund, das hatte auch der Militärarzt bei der Schlußuntersuchung am Vortag der Entlassung aus der Kriegsgefangenschaft gesagt. Woher kam die Atemnot, welche Ursache hatten die Schweißausbrüche bei Wetterwechsel – so etwas hatte er nicht einmal beim Artilleriebeschuß an der Ostfront gekannt. Die Angst war keinen Augenblick von ihm gewichen, sie hatte sich ins Gedärm verkrochen. Sein Kopf war leer, er litt an kalten Händen und eisigen Füßen. Er fühlte sich schwach und krank, im Krieg war er gesund gewesen. Das kam, wie ein Kamerad richtig bemerkte, von der Notwendigkeit, etwas zu tun, sich zu bewegen, in Deckung zu gehen oder in die Luft zu schießen, ehe man eine Gelegenheit fand, unauffällig zurückzugehen und sich umzudrehen. Andere hatten es auch so gemacht, wie die vielen Schüsse in den Rücken, in Kniekehlen und Gesäß bewiesen. Einige Ärzte im Lazarett nannten solche Verletzungen Feigheit vor dem Feind und Neigung zur Fahnenflucht. Das dumpfe Gefühl im Gedärm, von dem Anton bei seinem Gang über die Hauptstraße gequält wurde, war unangenehm, weil es jede Tatkraft lähmte. Das Gehen fiel ihm schwer. Er lachte auf die fast lautlose Art, die ihm auch im Massenquartier mit den zwanzig

Pritschen nicht übelgenommen worden war. Er bückte sich, suchte die Narbe in der Kniebeuge, die sich bei jedem Wetterwechsel schmerzhaft bemerkbar machte. Als er die steilen Stufen der Holzstiege hinaufging, die zu seiner Dachkammer führten, hatte er einen Einfall, der ihm neue Kraft gab.
Der Hunger war nur in den ersten drei Tagen qualvoll, wenn der Magen rebellierte. Dann kam es zu schöpferischen Phasen, die manchmal sogar von Visionen begleitet wurden. Nicht etwa im Schlaf, sondern während der Arbeit am Klapptisch seiner Kammer. Das Gedächtnis, das lange geschlummert hatte, wachte auf und wurde so scharf, daß es längst vergessene Episoden seiner Kindheit im grellen Licht erscheinen ließ. In solchen Augenblikken hätte er es mit dem Professor aufnehmen können. Jede Form war klarer, jede Farbe leuchtete intensiver. Der Wolkenzug am Himmel nahm die Gestalt von Schafen, auch von Raubtieren, Löwen mit majestätischen Mähnen und blutgierigen Mäulern an.
Das Gehirn war zu ganz anderen Leistungen fähig. Anton konnte Gleichungen der analytischen Geometrie, die er nie begriffen hatte, lösen. Balladen von Schiller, Bürger, Uhland hätte er bis zur letzten Zeile auswendig aufsagen können. Parolen, die man ihm beim Wachdienst im Krieg eingetrichtert hatte, waren ihm wieder gegenwärtig. Am liebsten hätte er sie nacheinander vor sich hingesagt, um sie ein für allemal loszuwerden. Dank der Göttin hinterm Schalter hatte er das Leitmotiv für die nächsten Wochen gefunden: Hunger als Experiment.
Er nahm sich vor, alle Regungen aufzuschreiben, als finde der Versuch unter Laborbedingungen statt. Geduld, Wartenkönnen, Konzentration, keine Abschweifung in das Phantasietheater mit seinen täuschend schönen Kulissen. Er war etwas schwindlig. Die Holzstiege wand sich aufwärts. Unter ihm ertönte das flache und falsche Lachen der *filia hospitalis*, die ihn häufig in seiner sturmfreien Bude besuchte, aber der Sturm, an den sie dachte, kam bei ihm niemals auf. Ausge-

rechnet heute nach seinem großen Entschluß kam Phili auf Stöckelschuhen mit modischer Frisur und grellfarbiger Kleidung die Treppe herauf. Ihr amerikanischer Freund schenkte ihr Zigaretten und Schokoladenkekse, die sie Anton anbot. Er öffnete das Fenster und warf sich auf sein frisch gemachtes Bett, um das Schwindelgefühl zu überwinden.
Phili lächelte, man sah ihr künstlich weißes Gebiß. Sie wußte nicht, welche Liebesgewohnheiten Anton hatte, vielleicht gelang ihm Sex, wie die Amerikaner das nannten, nur am hellichten Tag. Patenter Einsilber: Sex. Das Wort klang, als handle es sich um ein Glücksspiel. Aber Antons schmerzverzerrtes Gesicht zeigte ihr, daß dies keine gute Stunde war. Phili wurde wütend.
»Ich muß Sie bitten, wenigstens Ihre Schuhe auszuziehen, wenn Sie sich aufs Bett legen. Es gibt kein Waschmittel, das dürfte Ihnen bekannt sein, auch wenn Sie in höheren Sphären schweben.«
Phili mußte ihm helfen, die Schaftstiefel auszuziehen. Sie nahm die Schuhe zwischen ihre Beine und zog, bis sie hinfiel und lachte.
Bei dieser Prozedur kam ihm ein Gedanke, den er lange verdrängt hatte. Der Hunger holte ihn aus dem Gedächtnisvorrat zurück. Ein Mann ohne Stiefel ist kein Mann, hatte eine Französin, bei der er einquartiert war, behauptet. Auf Socken wirkte er lächerlich, impotent könnte man sagen. Wider Willen mußte Anton an die Herkunft seiner Marschstiefel denken. Er hatte sie einem von ihm getöteten Mongolen abgenommen und dabei dessen nackte Füße mit Frostbeulen im Schnee gesehen. Dem Toten fügten sie keinen Schmerz mehr zu. Anton gaben die Stiefel Schutz und Wärme, sie waren aus einem ihm unbekannten Juchtenleder. Während des Rückzugs vergaß er nie, daß er die Schuhe eines Toten trug. Phili nahm die Schaftstiefel zum Putzen mit, die Wichse, die sie dazu brauchte, stammte aus einem PX-Laden für Besatzungssoldaten.

Anton setzte sich an den Klapptisch, um seine Beobachtungen bei dem Hungerexperiment zu notieren. Er schrieb das Datum des ersten Hungertages auf. Er hoffte keine Störungen mehr zu erleben.
Es gab Tage, an denen er nicht ein einziges Mal seine eigene Stimme zu hören bekam, doch heute schien eine Art Besuchstermin für ihn zu sein.

Im selben Altstadthaus, mit der Bäckerei im Erdgeschoß, wohnte ein junger Mann, in dem Anton schon bei der ersten Begegnung seinen Feind erkannt hatte. Er versuchte, Anton für eine von den Besatzern verbotene Studentenverbindung anzuwerben. Er lud ihn zu einer Zusammenkunft überlebender Mitglieder dieser Verbindung ein, damit er sich davon überzeugte, wie gut Bier aus Kulmbach schmeckte, das ein Alter Herr herbeigeschafft hatte. Er kümmerte sich auch um Antons Garderobe und achtete darauf, daß er sich oft genug rasierte. Er war bereit, Anton zum nächsten Treffen der jungen Leute seinen dunklen Anzug, seine Kappe und seine Schärpe auszuleihen. Er behauptete, trotz Waffenverbot der Besatzer würden schon wieder Mensuren geschlagen auf einem Speicher ganz in der Nähe.
Anton war kein Biertrinker, seitdem er im besetzten Frankreich gelernt hatte, was guter Wein bedeuten konnte. Der Farbentragende hieß Jupp, ein Name, der gut zu seinem Leichtsinn und seinem Mangel an Gewissen paßte. Er begegnete Phili auf der Treppe, entdeckte die Schaftstiefel und war sogleich bereit, Anton für diesen Schatz aus rötlichem Juchtenleder eine erhebliche Summe wertlosen Geldes zu bieten. Als Anton auf Philis Hilferuf auf Strümpfen am Holzgeländer der Treppe erschien, hielt Jupp schon einen Stiefel in der Hand. Phili entriß ihm den Stiefel und brachte die Schuhe ungeputzt zu ihrem Besitzer zurück. Anton versteckte sie in seinem Schrank und setzte sich wieder, um Notizen zu machen.

Man beneidet mich hier um die bewußten Stiefel, schrieb er nieder, ich muß an den gestiefelten Kater denken, der die Welt mit Riesenschritten erobert. Stiefel bedeuten Freiheit zur Flucht. Schwindelgefühle und Ekel beim Anblick des Ami-Fräuleins. Nicht die geringste Lust zu Intimitäten.
»Gaudeamus igitur«, sang Jupp im Treppenhaus. Ist es wirklich möglich, daß Horaz einen solchen Schwachsinn gedichtet hat?, fragte er sich.
Anton hätte sein Zimmer gern in ein Laboratorium für Hungerkranke umgewandelt. Leider konnte er keine Bedingungen für seine wissenschaftlichen Experimente schaffen. Er war weit entfernt von der nüchternen Selbstbeobachtung, die er sich vorgenommen hatte. Statt *sine ira et studio* zu arbeiten, nickte er am Klapptisch ein oder hatte Träume. Zum Glück waren die nicht so scharf umrissen und belichtet wie sein Verstand, der ihm die Hungertage verordnet hatte. Im Augenblick des Erwachens vergaß er sie wieder bis auf einen, der seiner verstorbenen Mutter galt.
20 Uhr 50, notierte er, Traum von Mama. Mit ihren blonden Locken und ihrem Nachtgewand sah sie wie ein Engel ohne Flügel aus. Seit langer Zeit zum ersten Mal erotische Erregung, minutenlang. Sie galt nicht Phili, sondern der eigenen Mutter. Sechs Stunden geschlafen, drei gedöst, 30 Minuten Pläne für den Tagesablauf gemacht: Muß alles besser einordnen als früher. Stundenschläge von Heiliggeist dürfen auf keinen Fall versäumt werden. Wie blechern die Glocken klingen! Die alten bronzenen sind im Krieg eingeschmolzen worden. Tote Stunden soll es nicht mehr geben. Lieber aus dem Fenster auf die Straße blicken. Das Leben geht weiter. Die Leute begrüßen sich, nicken sich zu. Es gibt schon wieder Taufen und Hochzeiten. Morgen werde ich mich ins Universitätsbüro schleppen. Entscheidung für eine entlegene Fakultät, für die es hier keine Professoren gibt. Byzantinistik, Spätantike. Untergang des römischen Imperiums. Rom, von den Ostgoten erobert, zerbröckelt und zerbricht. Das Chri-

stentum hat sich noch nicht überall durchgesetzt. Die ersten dunklen Jahrhunderte nach der Zeitwende. Parallelen zu heute brauchen kaum betont zu werden.
Nachmittags Besuch des auf zwölf Plätze beschränkten Seminars des Allwissenden, zu dem nur höhere Semester und Lieblingsjünger Zugang haben. Werde mich einschleichen und fragen, wie er das mit dem ›guten Scheitern‹ meint. Abends bei Jupp eingeladen mit dessen Freunden, die zu seiner Verbindung gehören. Kein Bier, statt dessen Wasser.
Merke: Seife und Zahnpasta reichen nur noch acht Tage bei sparsamem Gebrauch. Beim Rasieren flüchtig an Jupp gedacht – der macht das noch mit dem Messer ab, ohne sich die Kehle durchzuschneiden. Braucht sich nicht mit den unscharfen Klingen herumärgern. Fuß- und Fingernägel müßten geschnitten werden. Darf nicht verkommen, muß einen gepflegten Eindruck machen. Auf keinen Fall ans Essen denken. Hunger ist der beste Koch – was das wohl heißt?
Anton fragte sich, ob ihm die steile Holztreppe bei wachsender Schwäche keine Schwierigkeiten bereiten würde. Auf der ein Kilometer langen Hauptstraße, die das Städtchen in der Länge durchschnitt, fing er an, seine Schritte zu zählen. Kein gutes Zeichen, daß er den Kilometer in immer kleinere Strecken und Stücke einteilte. Gedanken über die Sattheit. Befriedigt, ohne Bedürfnis nach weiterem Genuß. Man stillt den Hunger. Sattsam, ausreichend gut. Satte Farben, kräftig, voll.
Obgleich Anton Stunden nichts mehr gegessen hatte, fühlte er sich satt wie ein Säugling, gewiß hatte er auch das einfältige Lächeln von Kleinkindern im Gesicht. Schluß mit der fiebrigen Aktivität des Gehirns. Sogar auf der Straße setzte er seine Notizen über den Selbstversuch ›Anton Winter‹ fort. Er änderte seine Dispositionen. Mußte unbedingt wieder die eigene Stimme hören, mit einem Menschen, möglichst keinem Akademiker, reden. Selbstgespräche waren unfruchtbar, narzistisch. In der Literatur hieß das heutzutage ›Innerer Mono-

log‹. Manche fanden ihn langweilig, hatten keine Lust, sich mit dem Seelenleben einer erdichteten Figur auseinanderzusetzen. Als ob nicht jeder in diesen Tagen genug mit sich selbst zu tun hätte!
Der dritte Hungertag hatte es in sich. Anton kam nur bis zu einer Bank vor einem Rentnerheim, dort mußte er sich setzen und wieder das richtige Atmen üben. Das Gehirn war übereifrig, es schickte ständig neue Gedanken, statt endlich Ruhe zu geben. Selbstkritik: Notizen vollkommen unwissenschaftlich, komme ins Schwitzen wie ein altes Weib. Darauf achten, daß die Phantasie nicht mit mir durchgeht wie ein Rassepferd. Illusionen. Die Wirklichkeit sieht anders aus als das, was ich zu Papier gebracht habe. Es kommt der Wahrheit näher, wenn ich in den kommenden Tagen einfach einen Strich mache und *nichts* oder *nada* schreibe. Zwischen den beiden Begriffen gibt es einen Unterschied. Das *Nada* liegt mir mehr als das *Nichts*, ein erfülltes, vom Höhenlicht verklärtes Dasein. Noch besser wäre Buddhas *Nirwana*. Man braucht keine Angst zu haben, sich dort zu langweilen wie in unserem Paradies. Gerate schon wieder ins Schwärmen und Schwätzen. Müßte eine Zeichen- und Zahlensprache erfinden, knapp und scharf wie ein Zügelruck: Halt! Muß lernen, mich kurz zu fassen, jedes überflüssige Wort wegstreichen. Wenig genug wird dann vom Experiment ›Anton Winter‹ übrig bleiben.
Eine alte Dame im jugendlichen Blumenkleid setzte sich neben ihn auf die Bank. Sie sah so aus, als komme sie aus dem Osten. Graues, aber sorgfältig frisiertes Haar, Schuhe mit Regenspuren, wie man sie auf dem Land trägt. Sie kam von einem Hamsterkauf zurück, war außer Atem, mußte sich den Schweiß von der Stirn wischen. Zwei vollgestopfte Taschen standen zwischen ihr und Anton auf der Bank. Sie kramte in einer von ihnen herum und zog ein Päckchen mit fettigem Papier heraus, sie bot Anton ein Brot mit Gänseschmalz an, das ihn ekelte, zumal da er Knoblauch roch, gegen den er von jeher empfindlich war. Er schüttelte den Kopf und behauptete,

sich den Magen verdorben zu haben. Die Frau, die offenbar im Rentnerheim wohnte, schien gekränkt, weil sie umsonst als Versucherin aufgetaucht war. Sie brachte ein gezwungenes Lächeln zustande, bei dem man ihr Gebiß mit den Goldplomben sah. Dann erhob sie sich und schleppte ihre Taschen weiter.
Der Tag war vollgestopft mit Terminen: Seminar, Bibliotheksbesuch – Anton wollte sich einen historischen Roman über Justinian und die Frauen auf dem byzantinischen Kaiserthron ausleihen. Bei diesen Machwerken bekam der Leser alles hübsch serviert, er brauchte es nur hinunterzuschlingen. Die erste Station seines Arbeitstages war das Universitätsbüro. Er fand ein hübsches nordisches Mädchen hinter dem Schreibtisch. Sie lächelte ihn an und deutete auf ein Schild mit ihrem Namen Svea Bergman, das zwischen Akten auf ihrem Tisch stand. Wo sie nur all diese attraktiven Mädchen herhatten? Heute galt es, einen Fragebogen wegen der immer noch nicht vollzogenen Immatrikulation auszufüllen, der länger war als der amerikanische und fast so kompliziert. Ein Glück, daß er das freundliche Schwedenmädchen zur Verfügung hatte, das gute Laune ausstrahlte und ihm bei der Beantwortung der Fragen half. Sie hatte eine märchenhafte Stimme, dunkel und eindringlich mit einem Akzent, der ihn bezauberte. Sie war ihm viel sympathischer als Phili, nicht so aufgedonnert. Mit ihrer angenehm singenden Stimme las sie ihm, als sei er blind, die Fragen vor. Ihr Haar kitzelte ihn an der Wange, als sie sich über ihn neigte. Die kleine Metallkugel der Begierde rollte durch die Windungen seines Gedärms und legte sich in eine der Leibeshöhlen nieder. Der Fragebogen forderte sein Recht.
Beruf des Vaters: Direktor des hiesigen Knabengymnasiums, in dem die frechen Professorensöhnchen das Sagen hatten. Mädchenname der Mutter: Gonzales, sie stammte aus Mexiko. Svea wunderte sich, daß Anton sich nicht einmal genau mit den Daten und Namen seiner Eltern auskannte. Auch die

Vornamen und Berufe der Großeltern wurden verlangt. Anton fühlte sich wie in der Zeit, als er einen Ahnenpaß für die damaligen Machthaber verfertigen mußte. Das Schwedenmädchen holte noch ein anderes Formular aus der Schreibtischschublade, auf dem er seinen Status als Alleinstehender erklären sollte. Seine Eltern waren bei einem Luftangriff auf Berlin, wo sie sich gerade aufhielten, als brennende Phosphorfackeln umgekommen.
»Immerhin haben Sie noch eine Heimat«, sagte Svea, die ihren Schreibtisch neu ordnete, »Sie haben das Recht, zu studieren, wenn der Formularkram erst einmal erledigt ist. Politisch ist alles in Ordnung. Niemals PG, weder SA noch SS. Hitlerjugend war Pflicht. Nicht einmal als Mitläufer werden Sie eingestuft.« Anton nickte, gab aber keine Antwort. Er fühlte sich im Sinne des Allwissenden schuldig, weil er zu allem geschwiegen und nichts dagegen getan hatte.
Svea legte ihre modische Brille beiseite und klatschte in die Hände, als sei sie Zeugin eines besonders erheiternden Ereignisses gewesen.
»Mittagspause«, rief sie, »darf ich Sie zum Lunch im Kasino einladen? Sie sehen hungrig aus.« Anton war so gekränkt über diese Bemerkung, daß er Svea fast seinen Selbstversuch erklärt hätte.
»Wenn Sie nichts essen wollen, leisten Sie mir Gesellschaft«, forderte Svea ihn auf. Das Schwedenmädchen strebte vor ihm in den Eßraum, der ebenso kahl und ungemütlich wie die Mensa aussah. Was für ein weicher Gang, dachte Anton, harmonisch aufeinander abgestimmte Bewegungen. Svea stammt aus einem Land, in dem man viel barfuß geht und sich aufrecht hält, als wolle man einen Krug mit Wasser vom Dorfbrunnen auf dem Kopf nach Hause bringen.
Das Kasino war erfüllt von amerikanischen Stimmen. Es handelte sich um Besatzungssoldaten in Verwaltungsbüros, zwischen ihnen saßen nur wenige Personen in Zivil. Anton konnte die sich überlagernden Gerüche der Speisen kaum

ertragen. Turkey, Blumenkohl, süße Kartoffeln wie aus den Carepaketen steigerten nur seinen Abscheu vor Mahlzeiten, die deutsche Casinogäste in ihre Münder stopften. Svea ließ es bei gemischtem Salat bewenden. Ziemlich lächerlich, in der Lage, in der sie sich befanden, auf die schlanke Linie zu achten, statt auf Vorrat zu essen wie bei einer Polarexpedition. Anton trank seine erste Cola in der Meinung, daß dies seinem Hungerexperiment nicht schade. Svea betrachtete belustigt, wie ihm schien, seinen zuckenden Adamsapfel und sein schlecht rasiertes Kinn. Alle Männer in den Khaki-Uniformen sahen frisch rasiert und geduscht aus, sie hatten eine rosa Babyhaut, glatte und runde Gesichter, von denen manche an Ferkel erinnerten.
Sie saßen an einem Dreiertisch. Der dritte im Bunde war ein Gastprofessor, aus der Emigration zurückgekehrt, wie Svea Anton anvertraute. Er aß nur kleine Bissen und trank dazu ein Glas Milch. Er störte die Unterhaltung zwischen Anton und Svea, fühlte sich selbst gestört, denn er legte Messer und Gabel ordentlich beiseite. Seine schmalen und geschickten Hände ließen Anton an einen Chirurgen denken, der mit dem Skalpell so gut umzugehen verstand, daß er es am liebsten auch zum Zerschneiden des Fleisches benutzt hätte. Der südländisch wirkende Herr mit dem schmalen Nasengrat, den nach innen gezogenen Lippen und den hervorquellenden schwermütigen Augen hatte realistisch nichts mit Medizin zu tun. Svea, die ihn flüchtig kannte, sagte etwas falsch in der Akzentuierung seinen Namen: »Esra Rosenbaum.«
Er erhob sich halb von seinem Sitz und stellte sich noch einmal selber vor, artig und wohlerzogen.
Svea sagte etwas verärgert über das umständliche Zeremoniell: »Anton Winter«, und fügte hinzu: »Und ich bin Svea.«
»Was treiben Sie so?« fragte Esra den Studenten. Anton senkte die Lider und sagte undeutlich, während der Gastprofessor ihn aus seinen melancholischen Augen betrachtete: »Das Übliche. Soldatenspielen. Fronteinsatz, Verwundung, Lazarett,

Kriegsgefangenschaft. Jetzt würde ich gern studieren, auf welche Weise man wieder ein freier Mensch wird. Leider weiß ich noch nicht, welches Fach ich wählen möchte, es sollte etwas Entlegenes sein, bei dem man sich den Vorlesungsraum mit ein paar anderen Außenseitern teilt.«
»Kein schlechter Gedanke«, sagte Esra, der eine wabblige ›Götterspeise‹ nicht anrührte. »Wie wäre es mit Orientalismus oder Indologie, mit Ägyptologie oder ostasiatischer Kunst?«
»Ich hatte eigentlich an etwas anderes gedacht«, bekannte Anton. »Schon immer hat mich Byzanz fasziniert, die ersten dunklen Jahrhunderte nach der Zeitwende, von denen man so wenig weiß.« Esra lächelte, er zog die Lippen auseinander und wartete eine Weile, ehe er sagte: »Das trifft sich gut. Ich habe auf diesem Gebiet gearbeitet.«
»Er ist Byzantinist, wie man das nennt«, sagte Svea, die sich zu langweilen schien. »Heute abend können Sie hören, was er zu sagen hat. Um 20 Uhr 15 in Hörsaal 13. Sie müssen pünktlich sein, sonst bekommen Sie keinen Platz. Der Professor kommt aus Stanford. Er hat ein Buch über den Untergang des Altertums geschrieben, in dem ich gerade versucht habe, etwas zu lesen.«
»Übertreiben Sie nicht«, wehrte Esra ab, »mein Gebiet ist nicht einfach.« Er machte eine wohlberechnete Pause, dann sagte er leise, aber deutlich: »Übrigens bin ich Jude.«
Als Anton dazu nichts zu sagen hatte, erklärte er: »Ich nehme an, das wissen Sie.« Nur die Doppelfalte über der Nasenwurzel verriet, daß er angestrengt über etwas nachdachte.
Anton blieb stumm, es gab nichts, was man auf diese Erklärung sagen konnte, ohne mißverstanden zu werden. Eigentlich wollte er heute abend das kleine Seminar des großen Professors besuchen.
»Tun Sie das«, sagte Esra schnell. »Er ist ein guter Pädagoge.« Anton sagte, er stelle sich ein solches Seminar mit nur zwölf Hörern (er würde der Dreizehnte sein) ein wenig

wie Platos Gastmahl mit dem allwissenden Sokrates und seinen trunkenen Jüngern vor, er erinnere sich noch vom fakultativen Griechischunterricht im Gymnasium her an das nur scheinbar einfache Frage- und Antwortspiel und die verhaltene Spannung in der Runde, weil der Schierlingsbecher schon bereitstand und man nur noch auf die Rückkehr des Festschiffes aus Delos wartete. Esra erhob sich, erst jetzt fiel Anton auf, wie klein und zierlich er war.
»Vielleicht trifft man sich ein anderes Mal wieder«, sagte der Gastprofessor, und zu Antons Ärger fügte er hinzu: »Sie sehen nicht besonders gut aus. Bekommen Sie zu wenig zu essen?«
»Eher zu viel«, behauptete Anton, »das meiste schmeckt mir nicht. Zur Zeit mache ich eine Hungerkur.« Esra ließ sich Antons Adresse von Svea geben, die sie vom Fragebogen her kannte. Anton war längst entschlossen, den Abend in dem überfüllten Hörsaal 13 zu verbringen. Für das sokratische Seminar blieb immer noch Zeit.
»Der Schlaf des Menschen ist mit einer zeitweiligen Herabsetzung des Bewußtseins und der Tätigkeit der Gelenkmuskulatur verbunden«, hatte Anton in einem Lexikon gelesen, »während die Atmung und die unwillkürlichen und unbewußten Verrichtungen des Körpers weiterlaufen. Er dient als Erholungszeit des Zentralnervensystems, wahrscheinlich wird er durch ein Schlafsteuerungssystem im Zwischenhirn ausgelöst und geregelt. Ein Ausdruck, der ebenfalls aus germanischem Sprachgut stammt und etwas mit ›schlaff‹ zu tun haben soll.« Anton hatte sich nur für eine Stunde der Erholung aufs Bett gelegt, wieder ohne die Schuhe auszuziehen. Er hatte noch zwei unerledigte Punkte auf seinem Tagesprogramm. Er litt an Sodbrennen, eine Beobachtung, die er unbedingt notieren mußte. Er nahm seine embryonale Schlafhaltung ein. Er hatte Angst, nicht rechtzeitig für den Weg zum Hörsaal 13 zu erwachen. Früher konnte er sich selbst bei Abfahrten von Zügen den Befehl geben, jeder-

zeit, wenn es nötig war, zu erwachen. Schweißgebadet wachte er auf, und das nur, weil die Glocken vom Heiligen Geist aus irgendeinem Grund Sturm läuteten. Er duschte im Waschkabinett zwischen zwei Stockwerken, wo sich auch die Toilette befand. Als er wieder in seine Dachkammer kam, war das Bett neu gemacht. Das konnte nur Phili getan haben. War sie vielleicht, während er schlief, lautlos ins Zimmer gekommen, um mit ihm zu schlafen? Idiotisch, daß man den Koitus, diese höchste Form körperlicher Erregung, als Beischlaf bezeichnete, einen solchen Unsinn konnte sich nur ein Pfarrer ausgedacht haben.

Den Anfang des Vortrages von Esra Rosenbaum hatte er verschlafen. Auch das akademische Viertelstündchen rettete ihn nicht mehr. Hörsaal 13 lag, soweit er sich erinnerte, im ersten oder zweiten Stockwerk des Eckgebäudes der Universität. Auf der Treppe glaubte Anton die angespannte Stille und Konzentration aus dem Vorlesungssaal wahrzunehmen. Er dämpfte seinen Schaftstiefelschritt, er hatte ein schlechtes Gewissen. Zu spät, wie so oft. Phili mußte ihm ihren laut tickenden Küchenwecker geben. Sie brauchte ihn nicht, da ihr Freund sie täglich, wenn die Büroarbeit wartete, mit einem »How are you, honey« weckte. Anton öffnete die Tür zum Hörsaal 13, die trotz aller Anstrengungen nicht nur knarrte, sondern sogar quietschte mit einem Schmerzenslaut, als würde sie gequält. Er bekam einen Stehplatz in der hintersten Reihe. Wenn ihm schlecht wurde, konnte er sich sogar an die Wand lehnen. Es war dunkel im voll besetzten Raum. Esra zeigte Lichtbilder von Völkerwanderungsschmuck – wenig genug war davon übriggeblieben, eigentlich nur Ornamente, Flechtwerk und Mäander, die Anton an die Wikinger und ihre Schiffe erinnerten, keine einzige Figur. Auf einem Sarkophag sah man, einfach nebeneinander gesetzt in Ritztechnik, die Umrisse von zwölf Männern, die Röcke trugen. Sie starrten aus ihren Augenhöhlen, die an der Stelle der Pupille durchlöchert waren.

»Zu dieser Zeit«, sagte Esra in einem Leierton, der keinerlei rhetorische Schulung verriet, »war der Einfluß der hochentwickelten römisch-griechischen Kunstwerke verlorengegangen. Auch das Handwerk der Malerei und Skulptur hatten die Sieger über das weströmische Imperium, wahrscheinlich Langobarden, in unserem Fall verlernt. Sie waren Christen, mußten jedoch ganz von vorne anfangen, beachteten das Bilderverbot oder waren nicht imstande, Reliefs aus dem Kalkstein der Katakomben herauszuhauen. Wie jede Unterschicht, die sich verstecken mußte, verständigte man sich mit Zeichen wie Kreuz und Fisch, die Wegweiser ersetzten.
Hier sehen wir Kloster und Kirche von Aquileja, heute noch gut erhalten. Die Stadt lag in einem Malariagebiet, wurde deshalb von Eroberungen verschont. Die Bodenplatten zeigten christliche Inhalte, aber die Formen römischer Kultur. Jesus wurde nicht als Leidender am Kreuz abgebildet, sondern als guter Hirte mit einem Schaf um die Schultern gelegt. Christus der Erlöser in der Glorie wurde wie ein antiker Gott dargestellt, später im Höhlenmaler- oder Kinderzeichnungsstil auch beim Abendmahl oder mit offenen Händen als Adorant in Gethsemane. Es ist versucht worden, diese primitive Kunst als die Bemühung um Abstraktion und Askese nach der üppigen Tempel-Ausschmückung der Spätantike zu verstehen. Dafür liegen jedoch keinerlei Beweise vor. Die Kunst war einfach verlorengegangen, auf den langen Wanderungen der ›jungen‹ Völker hatte sie niemand wiedergefunden. Künstler im antiken und heidnischen Sinne gab es nicht mehr, sie hatten sich in Anhänger der neuen Staatsreligion und in Krieger verwandelt. Wenn ein Außenseiter gewagt hätte, einen Pinsel in die Hand zu nehmen, hätte er einmal den Anschluß an seine Völkerwanderungsgruppe verloren. Außerdem hätte man ihn der Zauberei verdächtigt, gegen die man die Waffe des Kreuzes erhob.
Rom war zur Provinz geworden, Unkraut wucherte zwischen den Marmorblöcken. Länger als die Sakralkunst hielten die

zivilisatorischen Einrichtungen wie Wasserleitungen, Straßenpflaster und Kanalisation dem Niedergang stand. Menschen, die unterwegs sind und keine Heimat haben, vergessen schnell.« Esras Stimme hatte sich verändert, jetzt klang sie, als lese er den Text seiner Vorlesung aus einem seiner hier noch unbekannten Bücher vor. Übrigens stand er trotz des eingebauten Lichts wie aus Bescheidenheit nicht hinter dem Katheder, sein einziges Mittel zur Erklärung bildete ein Stab, mit dem er auf einzelne Stellen der Lichtbilder wies oder durch Klopfen auf dem Boden anzeigte, daß ein Wechsel des Dias erwünscht war. Er benutzte eine große Taschenlampe, wenn er Licht brauchte. Ab und zu wurde auch sein Gesicht bestrahlt, das auf Anton wie das eines Katakombenbewohners wirkte.

»Es gibt Darstellungen römischer Soldatenkaiser, die den Umbruch der jahrhundertealten Porträtkunst deutlich zeigen: zum Beispiel eine Figur, die das menschliche Maß nicht mehr achtete und zu einem Riesen entartet war. Sie hat schmale Lippen und durchstochene Augenbälle. Ihr künstlerischer Wert ist umstritten. Die Wendung der Menschen nach innen ahnt man schon bei dem Reiterstandbild Marc Aurels, einem der Philosophen auf dem Thron. Das Pferd ist noch heidnisch, es zeigt sein Gebiß, seine Mähne und die Muskulatur eines Tieres in Bewegung, es hat ein Vorderbein erhoben, weil es gerade zum Galopp ansetzen will. Die jungen Christen haben sich nicht mit Abbildern oder Imitationen des königlichen Tiers abgequält. Die Kreatur ist stets die gleiche geblieben, das Roß hat keine Taufe erhalten, es gehört noch zum Stamm der schwer zu zähmenden Naturkinder wie auch die zur Routine gewordenen Ornamente von Blumen und Pflanzen in römischen Landhäusern.«

Noch einmal änderte sich Esras Stimme, jetzt sparte er Atem, wirkte aber entspannt. Er entschuldigte sich wegen der folgenden Passagen, die etwas romanhaft klingen würden. Die Studenten sollten sie nicht als Äußerungen strenger

und belegter Wissenschaft betrachten, mehr als einen Versuch, sich in eine ferne Zeit zu versetzen. Auch ein Wissenschaftler, sagte er, dürfe ab und an aus der Roman-Perspektive sehen und schreiben. Seiner oft so trockenen Sprache wüde das gut tun.
»Das Ende der Antike. Es ging langsam, war ein Tod, der nach langer, erst unbemerkter Krankheit eintrat. Weder die Kriege im Donaugebiet und die Kämpfe mit den Germanen am Limes, noch die Vormachtstellung Ostroms waren daran schuld. Ein Naturvorgang. Auch die Steine der Tempel wachsen und welken wie Kristalle, sie fallen der Selbstzerstörung anheim. Unter Sanddünen mit Muschelresten und Versteinerungen ausgestorbener Tierarten, die im Meerwasser lebten und laichten, wölbten sich immer noch Höhlen und Katakomben, in denen sich Räuber und Verbrecher aus aller Welt versteckt hielten, die nach Gold und anderen Edelmetallen suchten. Rom lag weit entrückt, am Horizont der Zeit. Es war nicht so gründlich zerstört worden wie andere Städte, es versank im Staub. Die damals bekannte Welt war müde geworden, sie hielt Winterschlaf. Die Erde hatte keinen Mittelpunkt mehr. Noch im sechsten Jahrhundert gab es an den Küsten Siziliens und Nordafrikas römische Bürger, die meinten, ihre Welt sei trotz Völkerwanderungskriegen und Christentum noch in Ordnung. Die Besitzer der Villen kümmerten sich nur um die Verwaltung und Verpachtung ihres Landbesitzes, der sie ernährte. Die Reiselust war ihnen vergangen.
An der spanischen Ostküste in Sagunt kann man heute noch das Haus eines römischen Bürgers und Gelehrten am Felshang über dem Meer besichtigen. Vergeblich fragen wir uns, ob der Besitzer, besorgt über die vorrückenden Barbaren, nachts keine Ruhe mehr finden konnte. Zwischen korinthischen Säulen sieht alles schön und heiter aus. Der Herr aus Sagunt schrieb ein verlorengegangenes Buch über die Villa dei Misteri im von Lavaströmen des Vesuvs begrabenen Pompei. Eine Erklärung des Eheschlafzimmers mit den Frauenfiguren eines

weiblichen Geheimkults, die vor der Hochzeit des Dionysos mit einer jungen Adeptin warnten und ihren Vollzug durch Peitschenhiebe auf den Rücken der Frau bestraften, ihre Befreiung war nicht der Geschlechtsakt, sondern die Teilnahme anderer Frauen. Vielleicht handelte es sich dabei um die Kopie eines griechischen Originals. Der römische Bürger aus einem Rom, das es nicht mehr gab, war weder Täter noch Opfer, nur ein Chronist. Er wollte und konnte die Welt nicht verändern, vielleicht genoß er auch seinen Untergang, denn er stammte aus einer alten Familie, war dekadent, ein wenig sadistisch und masochistisch. Dem Tod sah er mit Gelassenheit entgegen, seine angeborene Tapferkeit äußerte sich in einem würdigen Sterben und in dem Bewußtsein, einiges zur Überlieferung aus großen Zeiten beigetragen zu haben. Einen Schöngeist würden wir ihn heute nennen. Es ging alles langsam und leise, sogar etwas schläfrig vor sich. Die Würfel waren schon lange gefallen. Rom verschwand unter Wolken von Ruß und Staub. Vergeblich fragte man sich, ob die Großstadt am Tiber je aufhörte, ein Reiseziel für Touristen zu sein. Von ihnen wimmelte es geradezu in dem von Caesar eroberten Ägypten, in dem nicht nur Pyramiden, Stufentempel und Skulpturen von Göttern und Pharaonen standen, sondern auch die tönenden Memnonkolosse, die das Tal der Könige bewachten. Der Berufsreisende und Geschichtsschreiber Herodot, das hatte unser römischer Bürger von einem griechischen Sklaven gehört, kam in einer der großen Verfallszeiten nach Karnak und Luxor. Mit einem Segelboot setzte er vor Sonnenuntergang über den Nil. Er schlief eine Nacht zu Füßen der Kolosse, im Wüstensand, um hinter ihr Geheimnis zu kommen und es zu entlarven. Am nächsten Morgen schrieb er in sein Reisetagebuch lakonisch und deutlich: Tönen nicht.«
Nach dem langen Schweigen lachte das ganze Auditorium, es war eine Befreiung. Da es noch immer dunkel wegen der Lichtbilder im Saal war, hatte das Publikum Esras die Rede wie betäubt aufgenommen. Die Studenten auf den Stehplät-

zen sprachen von einem Wissenschaftsroman, bei dem nichts beweisbar war.

Anton mahnte zur Ruhe, als der Gastprofessor seinen Vortrag beendete: »Manches an der Untergangsstimmung von heute läßt sich mit damals vergleichen. Der Übergang von der Antike zum Mittelalter war nicht die Folge von Kriegen und Katastrophen. Die Uhr der Geschichte funktioniert nicht genau, meistens geht sie vor oder nach. Auch diese Tatsache ermöglicht Vergleiche mit heute. Später werden Geschichtsschreiber, wenn es sie noch gibt, behaupten, daß in unserem Jahrhundert das Christentum in eine neue und unerwartete Phase übergegangen sei. Der Riese der Geschichte wälzt sich unter Schmerzen herum, er zerstört mit einem Atemzug Zivilisationen und läßt andere heranwachsen. Heute, im Zeitalter der Technik, scheint er sich schneller zu bewegen, *sub specie aeternitatis* spielt sich das alles im Zeitlupentempo ab, langsam. Gleichmäßig wie Ebbe und Flut, oder wie die Brandung des Meers an windstillen und stürmischen Tagen.«

Der Beifall fiel kläglich aus, in diesem Augenblick ging das Licht im Treppenhaus aus. Ein Hund bellte, ein Aufsichtsbeamter rief: »Schluß für heute, oder soll ich die Herrschaften einschließen?«

»Den Nachtwächter kenne ich«, sagte Rosenbaum. »Er besitzt nicht den geringsten Humor, erlaubt nicht die harmlosesten Studentenscherze bei den Denkmälern im Innenhof der Alma mater.« Esras Wut war auf einmal verflogen, jetzt hatte er das Gesicht eines gealterten Lausbuben. Anton und er gingen friedlich nebeneinander die Treppe hinunter. Die kühle Nachtluft besänftigte.

»Manchmal reißt einem hier der Geduldsfaden. Der Mann hat viel zu lange geredet. Das verarbeitet keiner nach einem langen Arbeitstag und der miserablen Kost, die man uns in der Mensa anbietet.«

Eine neue Überraschung. Im Innenhof des Universitätsgebäudes stand breitbeinig, die Hände in den Jackentaschen, Jupp,

Antons Mitbewohner im Altstadthaus. Er hatte die Lippen gespitzt und pfiff ein Studentenlied.
»Wen findet man denn da?« Er hakte sich bei Anton ein. »Noch wißbegierig trotz der späten Stunde. Und noch dazu in Gesellschaft. Habt ihr euch bereits angefreundet?«
»So könnte man es nennen«, sagte Anton mit einem Lachen, das keineswegs lustig klang.
»Sei kein Frosch«, Jupp legte seine Hand kameradschaftlich auf Antons Schulter, »man ist manchmal nicht ganz bei Trost, weil er zu wenig zu futtern hat.« Er schlug vor, noch in eine der wenigen Kneipen zu gehen, die bis zum Curfew, dem amerikanischen Zapfenstreich, geöffnet waren. Sie hieß »Zum brüllenden Löwen«. In den beiden Innenräumen war es fast leer. Sie saßen am Stammtisch zwischen den Fotografien und Unterschriften früherer Studentengenerationen. Der Wirt hatte über den Köpfen der Gefallenen und Gestorbenen kleine Kreuze gemacht, die Professoren, die es zu internationalem Rang und Ruf gebracht hatten, trugen im Haar kleine Lorbeerkränze. Der Wirt, rotbackig und dick, mit Kittel und Lederschürze, wußte von allen die Namen. Einige Amis, die das Traditionslokal besuchten, hatten eine der gerahmten Gruppenfotografien gestohlen.
»Sie haben uns zwar besiegt«, sagte Hajo, der trotz Müdigkeit zu Streichen aller Art aufgelegt war, »aber das gibt ihnen noch nicht das Recht, sich am deutschen Geist zu vergreifen.« Er erklärte sich bereit, die Schuldigen in einer Militärbehörde, die der Wirt angegeben hatte, zu suchen und sie zu zwingen, ihm das Diebesgut zurückzugeben.
Anton erklärte, daß er wegen einer Magenverstimmung nur Wasser trinken könne. Jupp und Hajo gönnten sich Starkbier, sie wurden fröhlich und frech, nachdem die Bürde der Bildung von ihnen abgefallen war. Der Wirt setzte sich mit an den Tisch und erzählte von alten besseren Zeiten, er rauchte Ami-Zigaretten, schien mit den Besatzern erfolgreiche Geschäftsbeziehung zu haben. Anton, der einzig Nüchterne,

hörte den Stundenschlag der Heiliggeistkirche und mahnte zum Aufbruch, denn der Curfew war schon vorbei. Er hatte keine Lust, den Kettenhunden der Militärpolizei auf der Straße zu begegnen. Auf Bitten des Wirts hakte er Jupp und Hajo rechts und links ein und zerrte sie aus dem Lokal.
Der Weg zu ihren möblierten Zimmern war nicht weit, aber die Kettenhunde lauerten ihnen bereits vor der Tür des Lokals auf, verstanden kein Wort von Hajos schlechtem Englisch und machten sich in aller Ruhe bereit, die Personalien der Gesetzesübertreter aufzunehmen, um sie zu verhaften.
Auf der ausgestorbenen Hauptstraße näherte sich ein zierlicher Mann mit einem breitkrempigen Hut und einer ledernen Aktentasche. Esra Rosenbaum. Anton war der einzige, der ihn erkannte. Er betrachtete seinen Schatten unter der schwach leuchtenden Laterne und dachte: Wie einsam er ist, er muß noch einmal unter sternklarem Nachthimmel spazierengehen, um schlafen zu können.
»Unser Schutzengel!« Hajo schämte sich nicht, das laut auszurufen.
Esra und er stellten sich gegenseitig mit »Rosenbaum« vor, was bei Anton einen Lachreiz auslöste. Der Gastprofessor zog einen Ausweis aus der Tasche und erklärte den Soldaten, er habe mit den Studenten eine Verabredung gehabt, sich aber verspätet. Er sei schuld an der Gesetzesübertretung. Die Kettenhunde salutierten salopp und waren in der Altstadt verschwunden. Hajo und Jupp bedankten sich artig und ehrlich. Beide hatten keine Lust, die Nacht in einer Ausnüchterungszelle zu verbringen. Der Gastprofessor war so freundlich, alle drei nach Hause zu begleiten.
»Wir waren in Ihrem Vortrag«, sagte Hajo. »Hörsaal 13, da dozieren nur die Prominentesten. Es war hochinteressant. Man müßte über alles noch einmal reden.«
Esra schien die Anspielung unangenehm zu sein. Er sagte, es tue ihm leid, aber er habe seine Aufenthaltsgenehmigung schon überschritten und warte auf den Rückflug.

Phili wartete vor Antons Zimmer, im Morgenrock und billigen Silbersandalen, er hätte gern noch etwas über Esra Rosenbaum in sein Tagebuch geschrieben.

»Schluß damit«, sagte Phili, »wir spielen jetzt Mutter und Kind.« Offenbar hielt sie Anton für betrunken, weil er schwankte und unkontrollierte Bewegungen machte. Sie half ihm beim Ausziehen, legte den Arm um seine Schulter und drängte sich an ihn. Anton begriff nicht, was sie an seinem Haut-und-Knochenleib mit der Narbe der Kriegsverwundung reizte. Er suchte seinen Schlafanzug, den sie ihm wieder abnahm und wie eine Fahne ihres Sieges durch die Luft schwenkte. »Du hast als Kind zu wenig Streicheleinheiten gehabt«, sagte sie. Er kannte das Wort nicht, wahrscheinlich war es in einem US-Labor erfunden worden, wo man jede Menge maß und abwog. Sie schlüpfte zu ihm ins Bett und sagte, sie wolle nur einmal die Matratze ausprobieren.

»Gelegenheit macht Diebe«, sagte Phili. Woher sie nur diese trivialen Sprichwörter hatte? Nur die Nachttischlampe brannte aus Sparsamkeitsgründen. Phili führte seine Hand, die sie fest im Griff hatte, zu allen Stellen ihres Körpers, die Ärzte als erogene Zonen bezeichneten. Sie wünschte, daß er mit ihren Brüsten spielte und ihren Schoß untersuchte. Sie wollte die Sache möglichst lange hinauszögern, dafür war ein solcher Schlappschwanz und Schwächling gut genug. Bei ihrem Ami, der sportlich und gut genährt war, ging alles ruckzuck, wie er selbst stolz verkündete. Weshalb sollte er sich mit komplizierten Zärtlichkeiten aufhalten? Phili hatte ihm oft genug gesagt, sie müsse erst geweckt werden, das nehme eine gewisse Zeit in Anspruch. Ihr Ami hatte zu Hause in Salt Lake City als Mormone keusch gelebt, wie der Glaube es befahl.

»Hab Mitleid«, sagte Anton, seine Hand, die sie noch immer als Liebeslehrerin führte, wurde auf einmal schlaff. Anton war an ihrer Schulter eingeschlafen. Solch ein Jammerlappen, dachte sie und stieg über seinen nackten Körper hinweg so lautlos wie möglich aus dem Bett. Sie hatte es eilig. Ihr war eingefallen, daß Jupp mit Anton zusammen heimgekommen war. Sie wollte bei ihm ihr Glück versuchen und fordern, was er ihr beim letzten Mal schuldig geblieben war. Ohne anzuklopfen schlich sie in sein Zimmer. Sie benahm sich wie eine Katze, die daran gewöhnt war, in Menschenbetten zu schlafen. Trotz der Dunkelheit entdeckte sie schon an der Tür, daß der Junge nach reichlichem Biergenuß eingeschlafen war, ohne sich auszuziehen. Er schnarchte laut. Es hatte keinen Sinn, ihn aufzuwecken und sich über das Geschnarche zu beschweren, das sie im Nebenzimmer störte. Er würde, wenn er überhaupt zu sich kam, sagen, daß sie im Hauseingang ein Schild mit der Aufschrift »Schnarchen verboten« aufhängen sollten.

Anton saß am Klapptisch vorm halb geöffneten Fenster und führte Buch über seinen Zustand, der sich seit der geistigen Anstrengung, Esras Vorlesung zu folgen, entschieden gebessert hatte. Jetzt sah er alle Dinge scharf oder von einer kleinen Aureole umgeben. Manchmal entdeckte er Pfingstflämmchen in der Kammer, sie mußten ihn für einen Auserwählten halten, er bemerkte jedoch keinen Apostelkopf, zu dem sie gepaßt hätten, vielleicht waren sie für den Allwissenden oder auch für Esra bestimmt. Anton steckte ein Thermometer in den Mund, er mußte seine Temperatur messen, das gehörte zum Selbstversuch; dann kontrollierte er seinen Puls und den Herzschlag und das Gewicht, das um einige Kilo abgenommen hatte, nicht halb soviel, wie er dachte. Alles geht langsam und leise vor sich, hatte Esra gesagt, der dabei allerdings nicht an den kleinen Studenten, sondern an große geschichtliche Bewegungen dachte. Anton vermißte einen Wecker. Nur Phili besaß solch ein Instrument. Eine Sekunde entsprach einem dreisilbigen Wort. Einundzwanzig, zweiundzwanzig, und dazu das mörderische Ticken, das »Kopf ab« bedeuten konnte, ihn aber daran erinnerte, daß er noch da war und man ihn in seiner Kammer nicht aufsuchen sollte.

Niederschrift 1 Uhr fünfzig beendet, schrieb er ins Notizbuch. Tag zufriedenstellend. Note 1 – 2. So jemand wie Esra, den jüdischen Erzengel, würde er so bald nicht wiedertreffen. Diesmal ging er im gestreiften Pyjama ins Bett und faltete die Hände wie zu einem Abendgebet. Der Magen, von dem man bereits am dritten Tag der Hungerkur nichts mehr spüren sollte, knurrte bösartig wie Jupps Hund, den er irgendwo aufgelesen hatte, er war Anton feindlich gesinnt, weil der über ihn hinwegsah und keine Babygespräche mit ihm führte. Der Magen knurrte, schmerzte und spannte sich. Was war dagegen zu machen: kalte oder warme Umschläge, einen Kräutertee trinken von der Sorte, die Phili und ihre Tante noch im Küchenschrank hatten. Einen elektrischen Apparat zum Heißmachen von Wasser besaß er nicht. Im Augenblick war ihm das recht, es befreite ihn von der Versuchung, Tee oder Kaffee oder ein Ei zu kochen.
Anton sprach mit seinem Magen, als sei der ein ungezogenes Kind: »Gib Ruhe! Papa muß schlafen.« Er hatte kalte Füße, Kreislaufstörungen.
Phili kam, sie miaute wie eine Katze, sie schnurrte. Hatte etwas Süßes zum Naschen mitgebracht, stopfte ihm eine Makrone in den Mund, die er sogleich wieder ausspuckte. Süßigkeiten hatte Anton schon als Kind nicht gemocht.
»Kein Bedarf«, sagte er militärisch, kurz angebunden, »habe in guter Gesellschaft in einer Ami-Kantine gespeist. Bin satt.« Das Wort gefiel ihm, er mußte an seinen Lexikon-Fund mit der Erklärung von Sattheit und Sättigung denken. Er klopfte sich auf den Bauch und blies die Backen auf. Phili schien zu merken, daß für diese Nacht keine Eroberung mehr zu machen war.

Phili und Anton begegneten sich auf der Treppe, als das »Fräulein« mit einer großen Einkaufstasche unterwegs war.
»Ist das die neue Aktentasche für das Studium?« fragte er.
»Bin auf dem Weg zum Schwarzmarkt«, sagte sie. »Wenn ich

Mehl, Milch und Öl bekomme, zünden wir den Backofen an. Die ersten Plätzchen werde ich selber essen. Das ganze Haus verändert sich, wenn der Schornstein raucht. Bis zu den Dachkammern reicht der Geruch nach Gebackenem und Hefe.« Anton begleitete sie ein Stück. Er wollte nichts kaufen, sie hatte besseres Geld als er in der Tasche: Dollars. Sie ging ihm zu schnell, ihr Schritt war trotz der Stöckelschuhe derselbe geblieben, sie trug die silbernen Abendsandalen. Es sah aus, als komme sie von einem Freund, mit dem sie die Nacht verbracht hatte.

»Außer Atem?« fragte sie. In der Altstadt kannte Phili sich aus. Da gab es das Süßwarengeschäft der beiden alten Schwestern mit Attrappen von Bonbons, Schokolade, Kekse, Kaffee und Tee. Jeden Abend klebten sie die Lebensmittelmarken in ein Schulheft, jede Mark, die sie verdienten, schrieben sie sorgfältig auf.

»Was hier verkauft wird«, sagte Phili, die mit den Schwestern in Verbindung stand, »könnte man an den Christbaum hängen. Es ist alles echt, Gelee und Zucker, sogar kandierte Früchte.«

Plötzlich befiel den Hungerkünstler die Gier nach kandierten Orangenscheiben, er spürte deren süßsauren Geschmack auf der Zunge. Gleich darauf meldete sich das Sodbrennen wieder. Im Augenblick, dachte er, würde ich jedes Verbrechen begehen, um eine einzige Scheibe der kandierten Orange mit ihrem herben Geschmack zu bekommen. Er würde sie auf die Zunge legen und langsam aussaugen wie eine Zitronenscheibe auf langen Wanderungen. Ihr Geschmack befreite ihn von dem Durst, an dem er schon wieder litt. Er zweifelte nicht daran, daß die Gewürze, die er brauchte, Ingwer, Zimt und kandierte Früchte, aus dem Orient stammten, mitten im Krieg mit einer Karawane auf der ehemaligen Seidenstraße, die von Venedig bis nach China führte, transportiert worden waren. Was für ein unkultiviertes barbarisches Land war Amerika dagegen, wo man sich von Wattebrötchen, blutigen

Steaks und roten Kartoffeln ernähren mußte. Seidenstraße – existierte sie nur in dem Märchen von 1001 Nacht? Esra hätte ihm Auskunft geben können, er war ja eine Art Orientalist, vielleicht war er überall schon gewesen, hatte auch Rauschgift wie Opium, Morphium und Kokain, das die geistige Konzentrationskraft steigern sollte, ausprobiert. Anton beschloß, um die Mittagszeit wieder in die US-Kantine zu gehen, um Esra dort vor seinem Abflug zu treffen.
»Was ist mit dir? Träumst du am hellen Tag?« fragte Phili. »Woran denkst du?«
»An kandierte Orangen, aber echte«, gab er zu.
Phili lachte. »Ich habe nichts davon gemerkt, daß du ein solches Leckermaul bist. So etwas gibt es für uns gewiß nur nach dem Tod im Paradies. Ich werde mein Heil auf dem Schwarzmarkt versuchen. Kein süßes Zeug, sondern Lebensmittel, wie man sie im Haushalt braucht: Butter und Öl, Hühnchen und Kartoffeln, Spinat und Kohl. Wenn du den Siegelring deines Vaters tauschen willst, werde ich etwas für Leckermäulchen kaufen. Weintrauben, Feigen und Datteln, wie es beliebt.«
»Spar dir die Mühe. Ich esse nichts. Das mit den kandierten Früchten war nur eine Versuchung.«
Sie waren an der Halle des Hauptbahnhofs angelangt. Die Schwarzkäufer versammelten sich in Kreisen um die Verkäufer. Von der Ware war nichts zu sehen. Auch die Polizei fehlte. Unter der Decke der Halle sammelte sich das diffuse Stimmengewirr von Menschen, die Anton nur schweigen sah. Auf diesem Markt pries niemand irgendwelche Waren an. Erst kamen die geschäftlichen Verhandlungen, die leise geführt wurden. Dann wanderten Geld und Tauschobjekte von einer Hand in die andere. Dort, wo früher der Zigarettenkiosk und der Blumenstand waren, sah man jetzt das Warenlager, von den Frauen oder den Kindern der Schwarzmarkthändler bewacht. Alles spielte sich auf der Basis unbedingten Vertrauens ab.

Ein dicker Bauernbursche drängte sich nah an Anton heran und flüsterte: »Butter, das Pfund hundert Mark, hausgemachte Marmelade, Schmalz, Mehl und Graupen?« Anton schüttelte den Kopf, der Mann war schon in der Menge verschwunden. Er war einer von den Kundschaftern, die beim Hin- und Hergehen warben, während andere Händler ihren festen Platz in der Mitte eines der Kreise hatten, wo man sie mühelos fand. Kein heller Ton war in der Halle zu hören, nur ein dumpfes Murmeln, das wie eine Warnung klang.

Phili, die zu auffällig für einen solchen Raubzug war, kam ihm entgegen und verkündete viel zu laut: »Glück gehabt. Hoffentlich wird sich Monsieur bald dafür revanchieren.« Waffeln, Pralinen und Makronen entdeckte Anton in der Tüte, die sie aus ihrem Einkaufskorb nahm. »Hast du dafür den Siegelring meines Vaters gegeben?« fragte Anton. Er war davon überzeugt, daß sie den Ring behalten hatte, entweder für sich oder für den GI, mit dem sie augenblicklich liiert war. Anton war erleichtert, von jedem Stück des Familienschmucks befreit zu sein. Erst jetzt machte er Phili klar, welchen Wert der Ring mit dem Lapislazulistein und den beiden Diamanten hatte.

»Alles echt?« fragte Phili. »Dann heben wir ihm für bessere Zeiten auf.« Sie zeigte ihm den Ring und bereitete sich auf einen neuen Beutezug vor.

»Viel Zeit haben wir nicht mehr. Punkt zwölf löst sich die ganze Versammlung auf, und die Halle ist leer wie am frühen Morgen.« Pfiffe auf dem Bahnsteig, einer der Züge der Besatzungsmacht, zu denen Zivilpersonen keinen Zutritt hatten. Nur ein paar GIs schlenderten durch die Halle ins Freie. Von den Händlern und Käufern, die sich an den Wänden zusammendrängten, schienen sie nichts zu sehen. Nur einer von ihnen, ein schwarzer Offizier, legte, wie vorher offenbar ausgemacht, eine Stange Zigaretten auf das Geländer der Treppe, die zu den Toiletten hinunterführte. Anton rauchte

nicht, er kam sich gegenüber der gierigen Phili, die die Stange einfach vom Geländer nahm, kindlich und unschuldig vor. Erst jetzt fiel ihm auf, daß die Halle von Rauch geschwängert war. Zigaretten- und Zigarrenrauch hatten für ihn immer etwas Teuflisches an sich. Ein neuer Pfiff, und der Zug setzte sich mühsam und schnaufend wieder in Bewegung, Anton bekam einen Stich von Fernweh, der in der Herzgegend schmerzte. Er wollte keinen Augenblick mehr hier bleiben. Die Schwarzmarkthändler erinnerten ihn an Häftlinge beim Hofgang. Er sah sich nach Phili um, die er rauchend und lachend am ehemaligen Blumenstand fand. Drei uniformierte GIs umlagerten sie, obgleich ihnen verboten war, sich in der Schwarzmarkthalle aufzuhalten.
Anton ging fort, wobei er eine andere Hallentür benutzte. Ich werde immer hier bleiben, dachte er, in dieser stehengebliebenen Stadt zwischen den Waldbergen mit dem kanalisierten Fluß und der Hauptstraße, von der aus man nur selten den rosaroten Bau der Schloßruine am Hang kleben sah. Eine lebenslängliche Haftstrafe. Er begriff nicht, weshalb sich fast jeder Ausländer, der hier einmal studiert hatte, nach dem Panorama der Stadt zurücksehnte. Er hatte schon Tränen in den Augen der Rückkehrer gesehen, die vom Schloßpark aus, an die Terrassenmauer gelehnt, die Ebene, die meistens im Dunst lag, betrachteten. Mit einem von ihnen hatte er sich sogar auf die Suche nach dem Denkmal auf der Schloßterrasse zur Erinnerung an Marianne von Willemer gemacht und für den Ortsfremden mehrere Gingkoblätter aufgehoben. »Daß ich eins und doppelt bin«, hatte der Fremde gesagt und damit bewiesen, daß er seinen Goethe noch zitieren konnte. Anton fühlte sich hier in der Verbannung, obgleich er nicht wußte, wo die Stadt seiner Wünsche und Hoffnungen lag.

Krank fühlte er sich nicht, im Gegenteil geradezu euphorisch am fünften Hungertag, leicht und frei. Er steuerte auf das Kasino im Keller eines der Universitätsgebäude zu. Keiner fragte

nach einem Ausweis. Kohlgeruch aus der Kantine schlug ihm entgegen. Offenbar hatte man eine einheimische Köchin engagiert. Es gab Kohl, Kartoffeln und Schweinebauch, ein Gericht, das Anton schon in der Gefangenschaft zurückgewiesen hatte. Er schaute sich um und fand den Gastprofessor aus Stanford, der sich offenbar freute, ihn noch einmal zu sehen. Er mußte auf seine Fluggelegenheit warten.
»Wie fanden Sie denn meine Vorlesung?« fragte Esra.
»Fesselnd«, rief Anton. Eigentlich hatte er nach einem seriöseren Wort gesucht; in der Eile war ihm jedoch keines eingefallen. In der Nacht habe er sogar von dem römischen Bürger in Sagunt geträumt. Das stimmte zwar nicht, aber er hatte sich angewöhnt, alle Aussagen, deren Wahrheitsgehalt nicht ganz sicher war, in die Traumsphäre zu verlegen.
»Was lesen Sie zur Zeit?« fragte Esra. Anton antwortete nicht gleich. Achtung, warnte etwas in ihm, eine Fangfrage. Er vertraut dir nicht. Wie sollte er auch? Mit Verhören hatte Anton Erfahrung, weil er im Krieg wegen seiner Sprachkenntnisse als Dolmetscher verpflichtet worden war. Anton bemühte sich, eine harmlose Antwort zu geben. Aus dem Vortrag hatte er den Eindruck gewonnen, daß Esra sich in der Welt der Sagen und Märchen auskannte.
»Nachts, wenn ich nicht schlafen kann, lese ich 1001 Nacht, tagsüber versuche ich mathematische Gleichungen zu lösen, um mich in Logik zu üben«, sagte er.
»Was für Märchen haben es Ihnen besonders angetan?«
»Ich lese sie nur, wenn sie einen noch nicht aufgeklärten historischen Hintergrund haben.«
»Und der wäre?«
»Mich fasziniert die Gestalt Harun ar-Raschids, des ersten demokratischen Herrschers der Welt, der nachts als Kaufmann verkleidet in Begleitung seines Wesirs in Bagdad das einfache Volk seiner Untertanen ausfragte, was sie von dem Kalifen, also von ihm selber und seinem Regiment halten. Manche der Befragten, die ein Anliegen hatten, fand er am

nächsten Morgen bei der Audienz wieder, wo er als Herrscher und guter Richter auf seinem Thron saß. Einige hatten ihn an seiner Stimme, die er nicht gut verstellen konnte, als den nächtlichen Gast in Schenken und Karawansereien wiedererkannt und waren aus Angst vor Strafe geflohen.«
»Halt«, unterbrach Esra ihn, »so gut und gerecht ist es auch damals nicht zugegangen. Soll ich dir aufzählen, wie viele blutige Kriege dein Friedensfürst geführt hat?«
Anton, froh über das ›du‹, das er als Vertrauensbeweis empfand, berichtet eine Episode, die nicht in dem Märchenbuch stand, das die Araber als Ozean der Märchenströme bezeichnen. Harun ar-Raschid, der Herrscher der östlichen Welt, war hochgebildet, großzügig, überall verteilte er Geschenke. Ein Vergleich mit Karl dem Großen, der zur gleichen Zeit die westliche Welt regierte, fällt zu dessen Ungunsten aus.
»Weitermachen. Das ist interessant, wenn auch gewiß eine Legende.«
»Auf keinen Fall«, wagte Anton zu widersprechen, »er schickte kostbare Geschenke, darunter ein heute noch vorhandenes Schachspiel mit Figuren aus Edelsteinen und Elfenbein und eine goldgerahmte Miniatur mit seiner Signatur, an Karl den Großen. All die Kostbarkeiten, auch einen Ring mit dem größten und klarsten Diamanten, kann man heute noch in einer Vitrine der Bibliothéque Nationale in Paris bewundern. Auf welche Weise sich Karl für diese Gaben revanchierte, ist unbekannt. Ich nehme an, gar nicht, er machte Geschichte, wie man das heute noch bei Diktatoren nennt.«
»Was du nicht sagst!« meinte Esra spöttisch.
»Entweder er diktierte seinem Redeschreiber Einhart Unsterbliches, oder er schützte die Missionare, die den Bewohnern des deutschen Nordens das Christentum brachten. In der Schule habe ich allerdings etwas anderes gelernt. Damals hätte man deutsche Siegfried-Figuren lieber als Heiden gesehen. Karl, der angeblich Große, wurde der Sachsenschlächter genannt.«

»Originell«, meinte der Gastprofessor. Offenbar war ihm diese Einzelheit nicht bekannt. Sein Interesse schmeichelte Anton, so daß er seine Umgebung samt Kohlgestank vergaß. Er begann, über die Geschichte von Esther und Mardochai zu reden, die im Alten Testament stand. Er fand Esthers List, den Perserkönig Ahasver zu heiraten und auf diese Weise einen geplanten Pogrom gegen die Juden zu verhindern, ebenso bewundernswert wie die Ratschläge ihres alten Onkels Mardochai, den sie heimlich besuchte, um als Spionin von den Plänen, Erfolgen und Mißgeschicken Ahasvers zu berichten.
»Mir scheint, du schießt wieder übers Ziel hinaus«, sagte Esra, »die biblische Quelle gibt keine Einzelheiten, die hat deine Phantasie hinzugedichtet.«
Anton schwieg etwas gekränkt. Die Geschichte von Esther, Ahasver und Mardochai hatte er erzählt, um seine Bewunderung für das auserwählte Volk, das so viel ertragen mußte, auszudrücken. Esra jedoch schien empfindlich für solch falsch zitierte Lobeshymnen zu sein. Anton bekannte, daß er Esther und Mardochai zum Vergleich mit Scheherezade und König Scherijar gewählt hatte, in einem Aufsatz, der ihn damals fast das Abitur gekostet hätte. Männer mit Bart und Kaftan, wie er sie im Ghetto einer Stadt, in der er zur Schule ging, gesehen hatte, nannte er Mardorchai, um ihnen Ehre zu erweisen.
Nun waren sie also doch beim Thema aller Themen dieser Tage, der Vernichtung der Juden, angelangt. Esra hatte nichts dazu zu sagen. Erst viel später sollte Anton erfahren, daß seine ganze Familie in den Gaskammern getötet worden war. Esra lehnte es ab, darüber zu sprechen. Er stand auf und verließ, von Anton gefolgt, die Kantine für Bedienstete und Angestellte der Besatzungsmacht. Wieder im Freien sah er auf die Uhr. Der Start seiner Propellermaschine war aus technischen Gründen verschoben worden. Esra schleppte sein Gepäck, die Aktentasche und eine karierte Reisetasche mit

sich, weil er sein Hotel schon am Morgen aufgegeben hatte. Anton erbot sich, die schwere Reisetasche zu tragen. Er wunderte sich, daß niemand von der Universität den Gast aus Übersee begleitete. Esra hatte beschlossen, mit einem Zug, den nur Amerikaner benutzen durften, nach Frankfurt zu fahren und dort eine Flugverbindung zu finden. Anton begleitete ihn zum Bahnhof, den er erst vor wenigen Stunden als Schwarzmarktbesucher verlassen hatte.
»Hast du schon einmal versucht zu schreiben?« fragte Esra im Wartesaal. Er schien daran gewöhnt zu sein, überall warten zu müssen. Er ließ Anton mit seinem Ausweis als Gast des Städtchens in der amerikanischen Zone von der Theke zwei Gläser Orangensaft holen.
Anton trank ein paar Schlucke, obgleich er wußte, daß dies ein Regelverstoß war. Aber sein Durst war so groß, daß er auszutrocknen glaubte.
»Weshalb trinkst du nicht aus?« fragte Esra.
»Eine Magenverstimmung.« Anton war daran gewöhnt, Fragenden diese Antwort zu geben.
»Hat dir der Arzt etwa Orangensaft verboten?«
»Ich war bei keinem«, sagte Anton, »ich selbst habe es mir verboten, und ich werde mich daran halten«, setzte er trotzig hinzu. Esra wiederholte seine Frage, ob Anton seine Märchengeschichten mit historischem Hintergrund zu Papier gebracht habe.
»Nur Harun ar-Raschid und Karl den Großen habe ich als Herrscher über den Osten und den Westen der Welt gegenübergestellt. Sie haben sich nie kennengelernt, ich weiß. Aber ich fand es reizvoll, eine Schachpartie zu schildern.«
»Wer dabei gewann«, sagte Esra, »brauche ich wohl nicht zu fragen.«
»Jedenfalls nicht Karl Sachsenschlächter«, sagte Anton gekränkt. Am Nebentisch des Wartesaals mit Selbstbedienung hatte es sich eine bäuerliche Familie mit Kindern bequem gemacht. Sie stanken nach Knoblauch, Anton schlug vor, den

Platz zu wechseln. Jetzt saßen sie an einem Eßtisch mit karierter Papierdecke. Dieser Teil des Bahnhofs schien für die Besatzer und ihren Anhang reserviert zu sein. Esra nahm eine kleine Mahlzeit, eigentlich nur ein kaltes Vorgericht, ein, er aß mit zierlichen Bewegungen, die Anton wieder an die konzentrierte Arbeit eines Chirurgen erinnerten. Diesmal gab es für Anton, den Hungerkandidaten, nicht die geringste Versuchung. Seine Sinne reagierten nur noch gedämpft, nicht einmal Gerüche störten ihn mehr. Da ihn nichts Eßbares mehr locken konnte, fühlte er sich seiner Umgebung gegenüber mächtig und überlegen. Die Armen, dachte er, wie abhängig sie sind. Der Allwissende fiel ihm ein, er beschloß, ihn in seinem nächsten Seminar nach den Grenzen der Freiheit durch materielle Bedürfnisse zu fragen. Esra schob den Teller mit Essensresten beiseite.

»Weiter im Text«, sagte er und starrte auf Antons Adamsapfel, während der Hungerkünstler eine Flasche Mineralwasser mit ein paar Schlucken leerte. »Schade, daß ich deinen Text über das westöstliche Schachspiel nicht lesen kann«, sagte Esra. »Vielleicht könntest du ihn mir schicken, aber die Post ist so wenig zuverlässig.« Sie brachen auf.

Esra fragte am Schalter für Angehörige der Besatzungsarmee, wann der nächste Zug nach Frankfurt abfahre. Er hatte im ganzen Bahnhof keinen Fahrplan gefunden aus dem einfachen Grund, daß sich die Fahrzeiten für die wenigen Züge täglich änderten.

»Heute nicht mehr«, sagte der Schalterbeamte, »morgen in der Frühe 6 Uhr 30 für alle Uniformierten, die in Frankfurt, dem Hauptquartier der Armee, beschäftigt sind.«

Esra überlegte kurz und änderte seinen Plan. Er wollte zum allwöchentlichen Empfang einer alten Dame gehen, die als Professorenwitwe hier einen großen Ruf genoß. Er würde dort bestimmt einige Übersee-Gelehrte finden, die ihm die beste Flugzeit für seine Rückkehr nach Kalifornien mit den verschiedenen Zwischenlandungen verrieten.

»Hoffentlich gelingt es mir, bald wieder zu verschwinden«, sagte Esra. »Die Vorträge im weißen Haus mit dem Säulenvorbau und der Aussicht auf Fluß und Schloß langweilen mich, die Diskussionen erst recht.« Aber für Anton konnte eine solche Bekanntschaft und Verbindung nützlich sein. Er wollte ihn einführen, wenn er nichts dagegen habe. Es seien viele Amerikaner da, unter ihnen einer, der ein ›Reeducation Camp‹ für die deutsche Jugend leitete. Esra wollte Anton vorschlagen und für ihn bürgen, er sei unbedingt ›clean‹, lupenrein sozusagen. Anton bedankte sich und nickte. Vor dem Bahnhof fanden sie einen Jeep, der eigentlich einen General abholen sollte. Der Fahrer war, nachdem er Esras Ausweis angesehen hatte, bereit, sie zu Antons Zimmer zu bringen.

In seinem Schrank zwischen Büchern und Wäsche fand Anton einen unausgefüllten Fragebogen des Wohnungsamtes und der amerikanischen Behörde für Beschlagnahmungen, in dem ihm mitgeteilt wurde, er solle nachweisen, daß er der Besitzer des Hauses an der Eichenallee 13 in einem Villenvorort sei. Die Villa müsse jedoch vorläufig als beschlagnahmt gelten, da die Besatzungsmacht immer noch Wohnungen brauche. Weil man bisher keinen Besitzer ausfindig machen konnte, habe man einen Hausmeister angestellt, der das Grundstück und die Villa in Ordnung halten sollte.
Anton hatte das Schreiben unbeantwortet gelassen. Erst nach einem Kindheitstraum fiel es ihm wieder ein. Ihm war nicht klar, wie er die Verspätung der Antwort glaubhaft machen konnte. Er hatte nicht mehr an die Villa in der Eichenallee gedacht, er war froh, bei der Bäckerin in der Altstadt zu wohnen. Dort fühlte er sich unbeobachtet, es war ein besseres Versteck als ein Bürgerhaus im Grünen, wo die Nachbarn ihn wiedererkennen würden. Nach seinem Traum vom Elternhaus fühlte er sich erleichtert und in der Lage zu einem Fußmarsch in die Eichenallee. Unterwegs würde er mit niemandem ein Wort wechseln.

Reden strengte ihn an, Schweigen erfrischte ihn. Vor seinem Abmarsch schrieb er ins Notizheft: Schöner Spätherbsttag. Sehnsucht nach frischer Luft. Die erste Hungerwoche gut bestanden.
Er steckte die amtlichen Papiere, seinen Personalausweis und das Genehmigungsschreiben für das möblierte Altstadtzimmer in seine Hosentasche, in der er noch einige zerknitterte Dollarscheine fand. Er war erstaunt, wie leicht ihm das Gehen fiel.
Die Zimmer in der Altstadt erinnerten ihn aus irgendeinem Grund an einen verkleinerten Wartesaal mit Stuckornamenten an der Decke. Er hörte die Glocken vom Heiligen Geist nur noch schwach. Auch für die verminderte Leistung der Sinne für Ohr und Auge müßte man neue Zeichen oder Buchstaben erfinden, das gehörte ins Hungertagebuch. Der Barometerstand des Tages war wichtig, Sonnenaufgangs- und Untergangszeiten, die Mondphasen, Thermo- und Hygrometer. Persönliche Daten, die man im Krankenhaus auf eine am Bett befestigte Tafel schrieb: die letzte Darmentleerung, hier war ein Strich angebracht. Wer nichts zu sich nimmt, kann auch nichts von sich geben; Pulsschlag und Körpertemperatur. Fieber hatte er nicht, eher Untertemperatur, auch die Messung des Blutdrucks konnte nichts schaden. Jupp, der Medizinstudent, hatte ihm sein Instrument und einen Gummischlauch zum Abbinden der Armmuskeln bei Messungen oder intravenösen Spritzen geliehen. Anton fühlte sich wohler und sicherer während der Eintragung der Daten. Über die Umgebung, die sich in einigen Tagen in ein Gefängnis verwandeln konnte, schrieb er nur die Quadratmeterzahl des Zimmers, 20, Kurs Nord-Nordwest. Das Notizheft hatte etwas von einem Logbuch an sich. Es mußte noch durch eine Angabe der Windstärke ergänzt werden. Wieder einmal war totale Windstille im schwülen Waldtal. Durch einen Blick aus dem Fenster überzeugte Anton sich davon, daß es nachts nicht geregnet hatte. Er beobachtete Phili

im Hof beim Teppichklopfen, sie winkte und warf ihm eine Kußhand zu, er schloß das Fenster und die Zimmertür. Heute hatte er noch kein Wort gesprochen, dabei sollte es bleiben. Nach den endlosen Reden gestern brauchte auch die Sprache eine Fastenkur. Er schnitt sich beim Versuch, sich zu rasieren, hatte zittrige Hände, aber er wusch sich sorgfältig. Er wollte auf keinen Fall verkommen. Er zog ohne Grund den dunklen Anzug an, den er bei seiner Konfirmation getragen hatte, inzwischen hatte er so viele Pfunde abgenommen, daß Jacke und Hosenbund wieder paßten, nur die Ärmel waren ihm zu kurz. Wiegen, das hatte er fast vergessen, es gehörte auch zu den Daten, die im Logbuch eingetragen werden mußten. In der Toilette stand eine herrenlose Waage, deren Angaben man nicht mehr trauen konnte. Zu seiner Überraschung und Enttäuschung war das Gewicht kaum heruntergegangen, heute war es sogar trotz vollkommener Abstinenz vom Essen leicht angestiegen. Ob Träume dick machen?

Er hatte vom Haus seiner Kindheit geträumt, das noch heute unbeschädigt außerhalb der Stadt in einer Villengegend in vollkommener Ruhe am Berghang stand, ein ziemlich geschmackloses Giebelhaus mit falsch proportionierten Fenstern und Türen, in dem er Jahre mit schlechten Schulergebnissen und falschen Erziehungsmethoden seines ehrgeizigen Vaters verbracht hatte. Die Mutter war milder, mondsüchtig oder jedenfalls schlafwandlerisch. Sie hatte ihre Jugendjahre der Musik gewidmet, spielte mehrere Instrumente und sang auch manchmal mit einer zu leisen, wenn auch reinen Stimme. Über die Ehe hatte sich Anton als Kind wenig Gedanken gemacht. Vater und Mutter schliefen immer noch in einem Doppelbett aus Kirschbaumholz im Eheschlafzimmer. Anton war davon überzeugt, daß es seit seiner Geburt keine intime Verbindung mehr zwischen ihnen gab. Er wünschte sich keine jüngeren Geschwister. Er war wie viele Kinder der Ansicht, daß der Geschlechtsverkehr nur der Fortpflanzung diene.

Wo bin ich? fragte er sich und: Wer bin ich? Ach ja, der Hausbesitzer fiel ihm ein in dieser stehengebliebenen Stadt zwischen den Waldhügeln und mit der Schloßkulisse, die er nie leiden konnte. Hängengeblieben, verkrustet wie in einer Muschel, ein Sonderling, den alle kannten, der es jedoch zu nichts brachte. Ihm war elend zumute wegen seiner körperlichen Schwäche und der krankhaften Tätigkeit des Gehirns und der Phantasie. Er ging barfuß zur Toilette, stellte sich unter die Dusche, die in diesem Haus funktionierte, allerdings nur kaltes Wasser fließen ließ. Ihm fiel ein, daß er sich schon wer weiß wie lange nicht mehr ganz gewaschen hatte. Das Duschbad um Mitternacht tat ihm gut. Während er sich abtrocknete, studierte er seinen Brustkorb, der immer eckiger und härter wurde. Bin ich rachitisch? fragte er sich. Sein Bizeps fühlte sich so schlaff an, als sei er eine Frau, die Arme waren so dünn und knöchern, wie er das im Krieg bei manchen Kameraden oder bei toten Gegnern am Wegrand beobachtet hatte.

Nachdem er seine Toilette beendet hatte und die frische Luft beim Atemholen und Kniebeugen genoß, legte er sich ins Bett zurück. Diesmal verfolgte ihn der Hunger bis in den Traum von Hänsel und Gretel, die von der Hexe gemästet und durch Abtasten geprüft wurden, ob man ihr Fleisch braten und essen konnte. Hänsel war er, aber bei Gretel bekam er nicht heraus, an wen ihn das Mädchen erinnerte, vielleicht an Svea, die im Büro der Universität Dienst tat. Blond und blauäugig war Gretel wie sie, aber ihr Gesicht sah kindisch und einfältig aus. In einem zweiten Traum traf er einen Menschenfresser aus einem Märchenbuch. Er hatte das Messer schon in der Hand und saß am Eßtisch. Ich wittere Menschenfleisch, Frau, sagte er, aber der Däumling, der sich in seiner Serviette verbarg, war schon davongehüpft und aus dem Schloß entwichen, in dem der Mörder wohnte. Anton war im Schlaf zusammengeschrumpft, er sah wie der Däumling aus. Er lief im Schnee durch den Park und hinterließ Fußspuren. Er trug wieder die

Schuhe des toten Mongolen, vor dem er floh. Diesmal war er der gestiefelte Kater, er hatte ein schlaues dreieckiges Gesicht mit großen grünen Augen. Er sah sich selber zu, wie er über die Felder lief und hinterm Horizont verschwand.

Er befand sich wieder in der zerrütteten Landschaft des Krieges; verbrannte Erde und tote Bäume, an deren Ästen hingerichtete Soldaten hingen und sich im Wind bewegten. Er selbst war einer von ihnen, der von zwei Wachen zu dem Gingkobaum aus seinem Garten geführt wurde. Als sie ihn an den Stamm binden wollten, ließ der Baum seine Blätter fallen, die wie Gold und Silber funkelten. Die beiden Soldaten des Exekutionskommandos ließen ihn los und sammelten die Blätter ein. Er war frei und begann zu laufen. Er verirrte sich in dem toten Wald und verletzte sich an den Stacheln eines Brombeerstrauches. Er blutete wieder, diesmal an Armen und Beinen, sogar im Mund spürte er Blut. Er spuckte es aus. Der fade süßliche Geruch ließ ihn in Ohnmacht fallen. Die Soldaten entdeckten ihn wieder, er spürte noch, wie sie ihn zur Hinrichtungsstätte schleppten. Sie trugen beide Rucksäcke, in denen die Gold- und Silberblätter raschelten. Unterwegs wurden sie von einem Feldwebel angehalten, er entdeckte ihre Schätze, zog seine Pistole und brachte sie ins Gefängnis. Um Anton, den Däumling, kümmerte sich niemand mehr. Er war allein in dem gestorbenen Wald, dessen Stämme ein Gitter bildeten.

In seiner Kindheit war die Eichenallee eine stille Straße, jetzt beherrschten Jeeps und Geländewagen das Feld, Uniformierte aller Waffengattungen riefen sich Befehle und Fragen zu, es wurde viel gelacht. Das Haus war jetzt sichtbar, hinter den Blutbuchen und dem Gingkobaum zeigte es sein gealtertes und unfreundliches Gesicht. Anton erinnerte sich an die halb langweilige, halb feierliche Stille aus seinen Kindertagen. Ein Mann, der die Hecken schnitt und den Rasen mähte, kam ihm entgegen.

»Sie haben sich wohl in der Hausnummer geirrt?« fragte er.
Anton zog das Schreiben des Wohnungsamts aus der Tasche.
»Ich heiße Anton Winter.«
»Dann sind Sie ja so etwas wie der Hausbesitzer«, sagte der Gärtner, »die Amis haben lange vergeblich nach Ihnen gesucht. Das Haus wurde nicht beschlagnahmt. Ich sorge hier für Ordnung. Bin von der Besatzungsmacht angestellt.«
»Meine Eltern sind tot. Geschwister habe ich nicht. Mir liegt nichts an Eigentum«, sagte Anton, »aber ich fürchte, daß mir die Villa, in der ich aufgewachsen bin, gehört.«
Der Gärtner trug Knobelbecher, die ihn als Angehörigen der deutschen Armee auswiesen. »Ich bin hier zum Hausverwalter bestellt«, sagte er. »Ich hoffe, Sie werfen mich nicht hinaus. Ich weiß nicht, wo ich sonst wohnen sollte. Ich bin Oberst gewesen. Jetzt lebe ich hier wegen meiner Flucht aus dem Kriegsgefangenenlager unter dem Namen meiner Mutter: Le Grand. Alle nennen mich Gaston.« Er wischte sich den Schweiß aus der Stirn.
»Anstrengender als man denkt, diese Gartenarbeit«, sagte er. »Wenn Sie wollen, können Sie mir dabei helfen.« Er gab Anton eine Schaufel in die Hand.
»Dieses Beet muß umgegraben werden.« Er lachte. »Wenn Sie der Hausbesitzer sind, können Sie ruhig etwas arbeiten. Den Garten habe ich in Ordnung gehalten. Die Nachbarn, lauter Amerikaner, sind des Lobes voll. Typisch deutsch, diese Tüchtigkeit, hat neulich einer von ihnen gesagt.«
Anton stieß die Schaufel in die Erde, er verlor dabei zu viel Kraft. Wieder merkte er, daß er immer schwächer wurde. Körperliche Arbeit konnte er sich nicht mehr leisten.
»Es täte Ihnen gut, viel im Freien zu sein«, sagte Gaston, »die jungen Leute, die man jetzt überall trifft, sehen blaß und schwächlich aus. Sie müssen sich noch von den Qualen des Krieges erholen. Waren Sie auch ›draußen‹? Wie lange sind Sie schon hier?«
»Genau weiß ich es nicht. Daten kann ich nicht behalten. Ich

wollte dies Haus nicht wiedersehen. Habe eine Studentenbude in der Altstadt, in der Nähe der Uni.«
»Also ein Student?« fragte Gaston. »Wie ist es Ihnen im Krieg ergangen?«
»Mich haben sie geholt, als ich kaum 17 war. Ich wurde verwundet, nach dem Lazarettaufenthalt wieder in eine andere Einheit versetzt. Habe den Rückzug aus Rußland mitgemacht. Möchte am liebsten nicht mehr daran denken,«
»Dienstgrad?« fragte Gaston mit seiner Vorgesetztenstimme.
»Obergefreiter. Zu mehr habe ich es nicht gebracht.«
»Tempi passati«, sagte Gaston, »jetzt haben wir andere Sorgen. Für mich gilt nur der heutige Tag. Ich habe keine Zeit, über die Vergangenheit zu grübeln. Bei Ihnen scheint das anders zu sein. Sie sehen elend aus. Was Sie brauchen, ist mir klar: eine gute Mahlzeit. Wer mich und meine Verbindungen kennt, wird weder hungern noch frieren. Was darf ich Ihnen anbieten? Es ist alles im Haus, was man braucht.«
Anton bedankte sich, er habe etwas mit dem Magen zu tun, könne nichts essen. Er wollte in sein ehemaliges Kinderzimmer im Dachgeschoß hinauf, um sich etwas hinzulegen.
»Es ist alles in Ordnung, als habe ich an Ihre Rückkehr gedacht«, sagte Gaston. »Tun Sie, was Sie nicht lassen können.«

Auf dem Bett lag die mexikanische Decke, ein Geschenk der italienischen Verwandten, die dort eine Niederlassung der Firma gegründet hatten. Anton hatte sie als Teppich benutzt, wenn er Häuser und Kirchen aus dem Steinbaukasten errichtete. Wenn er spielte, lag er immer auf den Knien. Er fühlte sich wie ein Zwerg, der nicht sprechen konnte, wenn die Mutter verlangte, er solle das Zimmer aufräumen. »Das Schlimmste an dir«, hatte sie gesagt, »ist, daß du immer schweigst, wenn man dich etwas fragt.« Er dachte sich eine Zwergensprache aus, die außer ihm niemand verstand.
Gaston hatte das Regal mit dem Kinderspielzeug nicht angerührt. In einer Schachtel fand Anton Soldaten, Römer und

Germanen, mit denen er ›Die Schlacht am Teutoburger Wald‹ nachgestellt hatte. Die Germanen wurden geschlagen und in ihre Wälder zurückgetrieben. Vergeblich hatte Herr Winter Anton erklärt, daß gerade in diesem Fall die Germanen gegen die Legionäre gewonnen hatten. Varus, gib mir meine Legionen wieder, hatte der römische Kaiser Augustus zu seinem Feldherrn gesagt, der sich nach der verlorenen Schlacht in sein Schwert stürzte. Anton hielt sich in seinem Zimmer kleine Tiere, weiße Mäuse, Meerschweinchen und eine Schildkröte, die nur drei Beine hatte und hinkte. Wenn er schlafen ging, hörte er dies gleichmäßige Hinken genau wie das Ticken einer Uhr, die an der Wand hing. Auf dem Bücherregal fand er Werke russischer Schriftsteller, die er längst verlorengeglaubt hatte. Er erinnerte sich daran, wie er sie mit einer Taschenlampe im Dunkeln unter der Bettdecke gelesen hatte. Auch der Bär, den er einmal mit einem Skalpell, seinem Taschenmesser, operiert hatte, weil er sein Inneres studieren wollte, war noch da.

»Junge Männer wie du«, sagte Gaston, als sie sich im Treppenhaus trafen, »sind nicht für diese Zeiten gemacht. Wenn man fast sechs Jahre im Schlamm der russischen Wälder verbracht hat wie ich, erholt man sich in der Eichenallee. Du liest zuviel, statt mir beim Holzhacken zu helfen. Seitdem ich weiß, was Hunger heißt, bin ich noch mehr gegen Bücher eingestellt. Man kann sie nämlich nicht essen. Du hast ein Professorengesicht, wirst bald eine Brille tragen müssen.«

Anton bat Gaston, der schon wieder bei Vorbereitungen zum Abendessen war, eine Nacht dort schlafen zu dürfen; er sei zu müde, um in seine Studentenbude zurückzugehen. Zufällig sah er, wie Gaston mit seinen großen und geschickten Arbeiterhänden einem Huhn, das sich in der Küche verirrt hatte, den Hals zudrückte.

»Morgen werde ich es rupfen, ausnehmen und braten.« Gaston zog seine Hosen hinauf, als wolle er die Narben seiner Verwundungen zeigen. »Du weißt ja, daß jeder als Feigling

gilt, den sie in den Rücken und dessen Fortsetzung geschossen haben.«
»Mir wäre es lieb, wenn wir nicht vom Krieg sprechen müßten«, sagte Anton.
»Geh schlafen. Hier brauchst du niemanden zu fragen wegen der Übernachtung. Du bist der Hausbesitzer. Aber warum bist du nie hier gewesen?«
»Weil ich diese Stadt hasse und mein Elternhaus nicht ausstehen kann.«
Gaston führte Anton die Treppe hinunter. »Bewegung und Übung. Frische Luft. Aber das werden wir schon wieder hinkriegen. Ein Arzt ist nicht nötig.«

Anton setzte sich an den Schreibtisch in seinem Kinderzimmer. Es gelang ihm, eine Schublade mit einem Schlüssel zu öffnen, den er schon wegwerfen wollte, weil er nicht wußte, wozu er gehörte. Hinter Briefmarkenheften und Büchern der Pädagogik fand er einen Briefumschlag ohne Adresse, Datum, Anrede und Unterschrift. Offenbar war dieser Brief nie abgeschickt worden. Die Niederschrift hörte mitten im Satz auf. Es handelte sich um die Schrift seiner Mutter. Auf welche Weise hatte sich der Brief in die Schublade des Schreibtisches verirrt? War seine Mutter beim Schreiben gestört worden? Anton wollte den Text lesen, aber wie immer, wenn er aufgeregt war, verschwammen die Buchstaben vor seinen Augen. Er öffnete das Fenster zum Garten, legte sich auf die mexikanische Bettdecke und versuchte noch einmal zu lesen. In der Mitte des Textes fand er seinen eigenen Namen und sein Geburtsdatum. Sein Herz klopfte zu schnell. Es tat weh. Er ahnte, daß er einem Geheimnis auf der Spur war. Er setzte sich auf und ballte die Hände zu Fäusten, um den Schock besser zu ertragen. Der Text war in der damenhaften Handschrift seiner Mutter geschrieben:
»Ich habe das Schweigen eingehalten, bis ich durch einen gemeinsamen Freund deinen Wohnort an der kleinasiatischen

Küste erfuhr. Üsküdar – in der Nähe von Istanbul. Sogleich waren die Bilder der gemeinsam besuchten Städte wieder da: Florenz, Rom, Neapel, Palermo. Alle lagen im Süden, auch die Stadt mit den vier verschiedenen Namen: Konstantinopel, Ostrom, Byzanz, Istanbul.
Ich habe ein Kind von dir, einen zehnjährigen Jungen, der Anton heißt. Jetzt bin ich krank, habe zwischen zwei Operationen Zeit genug, um über alles noch einmal nachzudenken. Falls ich es nicht überlebe, soll Anton die Wahrheit wissen.
Meine Ehe ist nicht überwältigend gut, aber auch nicht schlecht. Ich hoffe, euch noch einmal wiederzusehen, wenn Anton erwachsen ist, so daß man sich mit ihm unterhalten kann. Dies ist nur eine Nachricht. Nichts wird sich für Anton dadurch ändern. Höchstens mein Gewissen. Aber ich finde, ich habe das Rechte getan. Unsere Liebe war mehr als ein Abenteuer. Wenn ich nicht überlebe, sollst du die Wahrheit wissen. Der Tod wird mir dadurch leichter sein. Anton wird selbst entscheiden, ob er zu Herrn Winter oder zu dir will.«
Der Brief brach hier ab. Wer konnte wissen, wo Antons Vater jetzt wohnte und was er trieb? Anton glaubte, die Stimme seiner Mutter zu hören, während er den Brief las. Er sehnte sich nach ihr und begriff nicht, weshalb er den Brief nicht zu Ende lesen konnte. Er sollte seinen echten Vater kennenlernen. Er skizzierte ihn in einem weißen Mantel mit einem goldenen Kreuz. War er ihm ähnlich? Würden sie sich verstehen? Die Mutter war die einzige, die Vater und Sohn vergleichen konnte. Anton legte den Brief neben Paß, Reisedokumente, Geld und Kopie einer Miniatur mit dem Titel: Kaiser Akbar und Gemahlin auf der Jagd. Das Gesicht seiner Mutter und ihres Liebhabers zeichnete er aus der Phantasie auf seinen Skizzenblock, von dem er sich nicht trennte.

Mit Anton ging es abwärts. Er konnte nicht mehr in die Eichenallee gehen und sich das törichte Gerede Gastons anhören. Jupp und Hajo besorgten ihm einen Nervenarzt. An-

ton übte sich wieder im Schweigen. Er konnte nicht einmal den Namen des Arztes merken, der sich ein paar Mal als Langbein vorstellte. Der junge Arzt saß auf dem Korbstuhl neben dem Krankenbett. Er diagnostizierte Antons Zustand als Nachkriegsneurose. Er riet ihm, das Hungerexperiment sofort zu beenden. Wer aus der Gefangenschaft kam, hatte keine Lust mehr mitzumachen, besonders in einer Stadt, in der auf den ersten Blick alles beim alten geblieben zu sein schien. Der Psychologe suchte das »Symptom«. Er stellte Fragen, die Anton abwegig fand, weil sie nichts mit dem Krieg und dem Tod der Eltern zu tun hatten.
»Ich hungere nicht mehr«, gab Anton zu, »ich streike.« Von Tag zu Tag wurde er schwächer und leichter. »In der Nacht habe ich sonderbare Träume. Manche wiederholen sich. Das sind die schlimmsten. Vielleicht könnten Sie in ihnen den Schlüssel für meine Neurose finden.«
»Die Träume müssen in Zukunft aufgeschrieben werden«, sagte Langbein.
»Vielleicht«, sagte Anton, »aber ich kann es nicht. Ich habe Angst.«
»Angst wovor?« Langbein wechselte seine Haltung. Er rückte von Anton ab bis in die Mitte des Zimmers und blickte ihn aus kalten Augen an, seine Brille hatte er abgenommen.
»Angst, immer wieder dasselbe zu erleben«, sagte Anton.
Langbein fragte, ob er tagsüber arbeite, um sich abzulenken. Auf dem selbstgezimmerten Bücherregal standen nur Werke der Staatsbibliothek. Langbein schlug Lesages »Hinkenden Teufel« auf. »Eine absurde Geschichte«, sagte er, »nicht gerade geeignet als Heilmittel.« Es zeigte sich, daß Langbein die Geschichte vom hinkenden Teufel Asmodi und dem Studenten aus Salamanca kannte. Er nannte sie einen Fall von Voyeurismus. Anton gestand, daß er schon einige Male von diesem Dämon geträumt hatte, der eigentlich genau wie Luzifer ein gefallener Engel war.
»Ein Dämon der Wollust«, bemerkte Langbein; er rückte mit

seinem Korbstuhl wieder dichter an Antons Bett, um zu prüfen, ob sein Patient auf das Stichwort »Wollust« reagierte. Anton behauptete, Asmodi habe ihn aus dem engen Waldtal mit der schwülen Luft herausgebracht. Er flog mit ihm. Der träumende Anton fühlte sich erleichtert, weil auf einmal so viel Raum und Höhenwind um ihn war. Ob die Stadt, auf deren Kathedralenspitze sie sich niederließen, Salamanca war, wußte er nicht. Aber die Bewegung, mit der Asmodi die Dächer der Häuser abdeckte, würde er nie vergessen. Die Bewohner richteten sich Notquartiere ein, in denen sie räumten, hämmerten und sägten, aßen und schliefen. Sie waren, aus der Höhe gesehen, kaum größer als eine Fingerspitze. Anton fand das Panorama erschütternd, zumal ein ganzes Viertel der Stadt in Flammen stand. Asmodi blieb ungerührt bei den Zeichen der Zerstörung. Was er suchte, fand er nicht. Er wollte Liebespaare überraschen, die sich in die wenigen noch heilen Zimmer zurückgezogen hatten, um sich dort, unbehelligt von den Sirenen der Luftangriffe, zu paaren.
»Voyeurismus haben Sie das genannt«, sagte Anton. »Lieber als zuzuschauen mache ich mich unsichtbar, lebe unter einer Tarnkappe.«
»Gilt das auch für die Tage, die Sie im Bett verbringen?«
Anton nickte. »Vergessen Sie nicht, daß ein Mensch unter der Tarnkappe unsichtbar ist, aber selbst beobachten kann. Der geborene Chronist.«
»Was sagt Asmodi dazu?« wollte Langbein wissen.
»Manchmal denke ich, daß es Asmodi überhaupt nicht gibt.« Antons Stimme war leise und stockend geworden, »er ist so etwas wie mein Alter ego. Ob Engel oder Teufel frage ich nicht.«
»Beides«, behauptete Langbein, »Asmodi ist in die Tiefe gestürzt, aber er trägt noch immer ein Licht. In Ihren Träumen ist er ein Spaltungsprodukt Ihrer selbst.« Anton nickte, aber er war nicht mehr in der Lage, etwas zu sagen. Langbein kannte sich in der Bibel aus. Dort war ihm zum ersten Mal

Asmodi begegnet: »Ein böser Geist. Nach Tobias 3,6 hat er sieben Männer der Sara getötet. Im Talmud heißt er ›Fürst der Dämonen‹. Das scheint mir übertrieben zu sein. Sie sollten sich nicht mit ihm abgeben.« Langbein verabschiedete sich. Philis Tante, die Bäckerin, machte Krankenbesuche, ohne etwas zu fragen; sie sah mit ihrem teigigen Gesicht so aus, als sei sie geknetet und in den Backofen geschoben worden. Nasenlöcher und Augen glichen Rosinen, der Mund sah wie eine gebackene Pflaume aus. Sie hegte mütterliche Gefühle, sie fragte nie, wann er wieder aufstehen würde. Aber sie war die einzige, aus deren Hand er Brot und Rosinenbrötchen annahm. Er litt an der Vorstellung, alles Essen sei Gift.
»Brot und Wasser wie während der Haft«, sagte er, »ab und zu eine Tasse Fleischbrühe, davon kann man leben.«
»Ich bin ein Mörder«, sagte Anton zur Tante, »aber es gibt kein Gericht, das mich verurteilen würde. Ich habe den Mongolen umgebracht, dessen Stiefel ich heute noch trage. Notwehr, hat mir der Kompanieführer gesagt. ›Schade, daß Sie nicht noch mehr von der Sorte abgeknallt haben.‹ Übrigens habe ich den Mongolen nicht erschossen, sondern mit dem Bajonett erstochen. Auf jeden Fall war er tot und blutete noch aus verschiedenen Stichwunden.«
Krank ist Anton nicht, dachte die Tante, er hat einfach Hunger. Ich werde ihn satt machen, ohne daß er es merkt.
Anton ging zum Fenster mit der schönen Aussicht und einem Lindenbaum. Nachdem er die frische Luft eingeatmet hatte, der so viel reizvoller als Philis Parfüm war, schleppte er sich zum Bett zurück. Er überlegte, wie viele Liebespaare sich auf der fleckigen Matratze herumgewälzt hatten. Er rutschte aus auf dem glänzenden Linoleumboden, den Phili gebohnert hatte. Es tat weh, er hinkte. Die Kulissen für das Szenarium des Hungerstudenten waren aufgebaut.
Der sechste Tag, an dem er nichts zu sich nahm, begann. Im Schlafanzug, der einst Herrn Winter gehört hatte, machte er Notizen über den Selbstversuch. Anton notierte neue Eintra-

gungen – Zahlen und Anfangsbuchstaben. Das heutige Datum war ihm entfallen, ein böses Vorzeichen. Nirgends hing ein Kalender oder eine Uhr an der Wand. Er hörte die Glocken vom Heiligen Geist nur noch schwach.
»Er weigert sich, aus dem Bett aufzustehen, wenn ich es neu machen will«, sagte Phili zur Tante. »Man muß ihn zwingen, sich zu waschen und zu rasieren. Ich glaube, er schläft den halben Tag.«

»Flandern ist rot. In Flandern, in Flandern, da reitet der Tod.« Rhythmus und Melodie des Liedes machten das Gehen leichter. Die Luft duftete heute nach Herbstblättern, würzig und frisch, das Waldtal gefiel ihm besser als sonst, die Farben leuchteten, ja loderten, wenn Sonnenstrahlen auf sie fielen. Antons Sinne waren geschärft, er sah Baumgruppen mit ineinander verschlungenen Stämmen, die ihm noch nie aufgefallen waren, er hörte das Gelächter von Kindern einer Schulklasse, die einen Ausflug am Ufer des Flusses machten, aber noch weit entfernt waren. Man sollte häufiger hungern, dachte er, das gibt einem mehr Lust und Kraft, die Dinge zu erledigen, die man lange unbeantwortet liegengelassen hat.
Das Villenviertel, in dem die Familie Winter gewohnt hatte, war von amerikanischen Offizieren besetzt. In dem großen, im Schweizer Stil gebauten Fachwerkhaus wohnte der General, den man kaum zu Gesicht bekam, da er jeden Morgen unter Bewachung in einem Bentley zu seiner Dienststelle gefahren wurde. Anton wurde vorm Treppenweg von einem Posten angehalten. Anton erklärte ihm, daß er nichts weiter wolle, als in seinem ehemaligen Elternhaus Eichenallee 13 nach dem Rechten zu sehen. Der Posten ließ sich noch einmal die Hausnummer geben und ging zum Gartenhaus der Generalsvilla, kam aber gleich wieder zurück. Er wollte Antons Personalausweis sehen und rief dann auf deutsch »Feuer frei«, ein Witz, der nur bei ihm Gelächter hervorrief.
Auf dem Treppenweg, der sich kaum verändert hatte, geriet

Anton in Atemnot. Ihm fiel ein, daß er sein Elternhaus im Traum schon ein paar Mal angezündet hatte. Er blieb stehen, schloß die Augen, um sich an Farbe und Form der Flammen zu erinnern. Als er weiterging, war die Sonne hinter Wolken verschwunden.
Wie sah sein Opfer aus, das er nicht einmal ganz getötet, sondern nur angestochen hatte? Groß, braunhäutig, jung, mit schrägen Augenschlitzen, einer geraden Nase, die ohne Übergang zur Stirn wurde. Dichtes, glänzendes schwarzes Haar, das ungleichmäßig, vielleicht von seiner Mutter geschnitten war. Ein schöner Mensch. Die breiten Lippen öffneten sich nur selten zu einem Wort, das wohl nur den Schamanen auf den Felsen der Angara verständlich sein würde. Schreien konnte er nicht, als Antons Bajonett ihn in die Brust traf. Seine Stimmbänder waren ebenso zerstört wie seine Lunge. Er schlug auf dem von Schlamm bedeckten Boden hin und rührte sich nicht mehr. Der Tod war ihm zu Hilfe gekommen, hatte Anton damals gedacht, ehe die Schmerzen begannen. Schlag und Druck würden die letzten Erinnerungen an sein Erdenleben sein, das er nach dem Glauben seiner Väter als ein anderer, aber ähnlicher Mann in fremder Umgebung fortzusetzen hoffte. Der Mongole hatte sich noch einmal bewegt, als Anton ihm die Stiefel von den Füßen zog. Weshalb er nicht hinwegkam über die Begegnung mit einem Feind, es war doch Notwehr, er hatte um sein eigenes Leben gekämpft. Später, auf dem Rückzug, hatte er mit dem Maschinengewehr noch ein paar Feinde erledigt, aber er sah ihnen nicht ins Gesicht, er kam auch nicht dazu, sie zu zählen. Mein erstes Opfer habe ich getötet, dachte Anton. Ich hatte mir geschworen, im Krieg nur in die Luft zu schießen. Bei der ersten Gelegenheit habe ich das Versprechen, das ich mir selber gab, gebrochen. Alles wäre leichter, wenn ich nicht überlebt hätte.
Gaston kochte eine Fleischbrühe für ihn. Immer wieder erschien er in Antons ehemaligem Kinderzimmer und bot ihm einen Leckerbissen an.

»Nur Durst«, sagte Anton. Gaston verfügte auch über ein Dutzend Flaschen Mineralwasser. Woher er das Zeug nur hat, fragte sich Anton. Anton wollte in seine Bäckerei zurück und die Glocken von Heiliggeist wieder hören. Sein Studienmaterial hatte er auf dem Klapptisch zurückgelassen, wissenschaftliche Schriften und zwei Romane über den Niedergang des römischen Imperiums.

»Ich kann hier nicht schlafen, ohne vom Krieg und meinen Eltern zu träumen«, sagte er zum Hausmeister. »Ich möchte das Haus verkaufen.«

Gaston hatte Verständnis dafür, vielleicht war es ihm auch lästig, einen Patienten wie Anton zu pflegen. Er besorgte mit Hilfe eines seiner amerikanischen Kameraden einen Jeep, der mit Eßwaren auch Anton nach Hause bringen konnte. Philis Tante sollte bei dieser Gelegenheit den Auftrag erhalten, für den General im Schweizer Fachwerkhaus Brot und Kuchen zu backen. Auch Heizmaterial in der Form von Holzscheiten und Briketts hatte Gaston der Bäckerin zugedacht, damit ihr Schornstein endlich wieder rauchte.

Beim Warten auf den Jeep ging Anton auf die verglaste Veranda mit den zerbrochenen Scheiben hinaus.

Zwischen Kakteen und verwilderten Zimmerpflanzen fand er die ›Königin der Nacht‹, die fast jedes Jahr in der Weihnachtszeit geblüht hatte. Sie war die einzige Erinnerung an seine Mutter. Kurz vor ihrem Tod hatte er Mama bei einem Urlaub in Berlin getroffen. In der Dämmerung warteten sie auf Herrn Winter. Das Blumengeschäft hatte nur Pflanzen und künstliche Blumen für Beerdigungen zu verkaufen. Antons Mutter erkannte eine ›Königin der Nacht‹. »Wir müssen warten«, sagte sie, »die Blüte geht gewiß heute noch auf.« Anton glaubte den kleinen Knall zu hören, mit dem die rote Blüte sich öffnete. In diesem Augenblick ertönte die Sirene eines Luftangriffs. Das Schaufenster lag wegen der Verdunklungsvorschriften in einer Finsternis, in der man nur noch einen Schatten der tiefroten Blüte sah. Die ersten Bomben-

splitter fielen. Sie entrissen die ›Königin der Nacht‹ der Dunkelheit, jede Leuchtrakete gab ihr eine andere Farbe und einen besonderen Glanz. Die Tür des Ladens öffnete sich. Eine weibliche Hand zog Anton und seine Mutter ins Innere des Geschäfts. Es war ganz finster, nur im Hintergrund brannten einige Kerzen.
»Sind Sie immer so unvorsichtig?« fragte die Blumenverkäuferin.
»Beim letzten Angriff stand die halbe Stadt in Flammen.«
Antons Mutter fragte, ob die ›Königin der Nacht‹ verkäuflich sei.
»Nein«, sagte die Inhaberin des Ladens, »ich kann sie Ihnen nur schenken.«
Antons Mutter nahm die Pflanze mit und stellte sie auf die Veranda zu Hause. Die nächste Blüte erlebte sie nicht mehr. Gaston packte die Pflanze sorgfältig in Zeitungspapier ein. Anton ließ das Paket während der Fahrt mit dem Jeep keinen Augenblick aus den Augen. Der Wagen war schlecht gefedert, der Asphalt der Uferstraße hatte Löcher und Risse. Der Motor des Jeeps lärmte so sehr, daß man sich nicht unterhalten konnte. Die ›Königin der Nacht‹ überstand den Transport unversehrt. Anton bedankte sich, er würde geduldig warten, bis sich die beiden Blüten öffneten, und dabei an seine Mutter denken.
In der Kachelküche wurde laut und lebhaft verhandelt. Gaston erklärte sich bereit, für Heizmaterial, Mehl, Öl und Hefe zu sorgen. Bevor Gaston zurück in die Eichenallee fuhr, bat er Anton, ihm für alle Fälle einen sogenannten Persilschein mit seinem wahren Namen und dem Oberst a.D. auszuschreiben. Phili erklärte sich bereit, das Dokument zu tippen. Er sei immer ein Gegner des Regimes gewesen, diktierte Anton, dafür könne er, Anton Winter, bürgen.
Ein paar Tage später hörte Anton Hufgeklapper auf dem Kopfsteinpflaster der Straße. Er entdeckte ein Pferdefuhrwerk, das ein Mann lenkte, der mit seiner Lederschürze und

seiner Mütze wie ein Bierkutscher aussah. Gaston brachte den Gaul im Hinterhof vor dem Schuppen zum Stehen. Alle Hausbewohner halfen beim Abladen der Holzstämme und Äste mit. In diesem Jahr wurde jeder Familie ein Baum im Wald zugeteilt, den sie verheizen konnte.
»Es sind genug Hilfskräfte zum Holzhacken da«, sagte Gaston, als er Jupp und seinen Freund Hajo erblickte. »Laßt Anton mit solchen Sachen in Ruhe.«
»Immer bekommt er eine Extrawurst«, beklagte sich Jupp. »Wir studieren auch und zwar etwas Schwereres als er – Medizin. Er drückt sich vor jeder Arbeit.«
»Er ist eben etwas Besonderes«, wiederholte Phili, »schwache Nerven, aber ein großer Geist. Wird es weiter als ihr bringen.«
Jupp und Hajo lachten, sie hatten noch nie etwas von der Krankheit gehört, an der Anton litt. Man könnte sie schlicht als Faulheit bezeichnen. Tagelang erhebe er sich nicht aus dem Bett, in den letzten Wochen habe er keine Vorlesungen und Seminare mitgemacht. Anton, der bei halb geöffnetem Fenster hinter der angeschmutzten Gardine stand und alles mitgehört hatte, schloß sein Fenster mit einem Knall, der die Helfer im Hof zusammenfahren ließ. Gaston verabschiedete sich. Er setzte sich auf den Kutscherbock und knallte mit der Peitsche, es klang lustig – ein Kinderspiel. Das Pferd ging langsam, fast feierlich wie bei einer Beerdigung durch die Toreinfahrt auf die Straße. Anton hörte den Hufschlag auf dem Kopfsteinpflaster, er merkte sich den synkopischen Rhythmus – tatatam. Im Treppenhaus war es laut und lebendig geworden. Anton hörte Philis Schritt und ihre Stimme.
»Zur Feier des Tages gibt es heut frisches Brot«, rief sie.
»Ich bekomme Antons Portion«, rief Jupp, »er spielt ja noch immer den Hungerkünstler.«
»Er ist ein Schlappschwanz, hoffentlich im Bett wenigstens gut«, sagte Hajo, der jetzt im selben Zimmer wie Jupp wohnte. »Ich wette, Phili hat das schon ausprobiert. Intellektbestien wie er kennen allerlei Tricks.«

»Still«, rief Phili, »er braucht nicht gerade zu hören, was ihr über ihn sagt.«

Doktor Langbein hatte Antons Zustand als psychosomatisch erklärt. Das Wort machte sofort im Haus der Bäckerin die Runde. Anton weigerte sich, über seine Beschwerden zu sprechen, er hielt sie für Nachkriegswehen. Er schämte sich nicht, die alten Kinderfragen »Wo kommen wir her, wo gehen wir hin. Wozu das ganze?« zu stellen.

»Was haben Leben und Arbeit für einen Sinn, wenn wir doch sterben müssen. Kein Schicksal, sondern der blinde und blöde Zufall hat mich verschont, während neben mir die Männer gefallen sind. Ich warte jede Nacht auf den Besuch, vielmehr Überfall des Mongolen, dem ich sogar einen Namen gegeben habe: Zobel.«

»Gewiß hat Ihr Burjäte eine Uniform, jedenfalls alles andere als einen Pelzmantel angehabt. Erinnern Sie sich, welche Farbe seine Uniform hatte und was für eine Mütze er trug?« fragte Langbein.

»Die Uniform war blau mit silbernen Litzen.« Schon während Anton dies sagte, wußte er, daß er log. »Er sieht aber jede Nacht anders aus, aber immer barbarisch, mit schäbigem Fell und einer Mütze, die bis über die Ohren reichte. Sogar die Farbe seiner Haut wechselt, sie ist manchmal schwarz wie die eines Negers. Dann wieder gleicht er einem sanften Raubtier. Deswegen habe ich ihm den Namen ihn gegeben.«

»Sie müssen all Ihre Kräfte daran setzen, Zobel loszuwerden.«

»Wie denn bitte? Wenn ich ihm jetzt begegne, weiß ich, daß ich nur träume. Er macht mich schlaflos, aber zu einem Mord kann ich mich nicht aufraffen.«

»Warum sprechen Sie immer wieder von Täter und Opfer, von Mörder und Ermordeten? Hat etwas in Ihnen je derartige Wünsche gehabt?«

»Ich habe mir schon, als ich eingezogen wurde, geschworen, nie einen Menschen, dem ich ins Gesicht sehen konnte, zu töten. Zobel und ich begegneten uns allein in der Steppe. Keiner sah uns zu. Zobel hätte mich und ich ihn gefangennehmen können. Wir haben es nicht getan. Zobel war nicht mein Feind, obgleich er eine Pistole auf mich gerichtet hatte. Er lächelte sogar, weil er nicht sprechen konnte. In der Schule galt ich immer als Feigling. Wer so viele Bücher liest wie du, hat mir ein Kamerad gesagt, wird als Erwachsener nichts werden. Aus einem Krieg, in dem andere um ihr Leben kämpfen, kommen Menschen wie du mit einem Schuß vorzeitig zurück.«

Antons Stimme veränderte sich, sie war heiser und zugleich drohend. »Ich hätte ihn umbringen sollen, um zu wissen, wie sich ein Mörder fühlt, über den kein Gericht urteilt. Man feiert ihn vielleicht sogar als Helden, wenn er es erst einmal fertigbringt, nicht nur einen, sondern viele Menschen, die er nicht so dicht vor sich sah, zu töten. Mein Kompanieführer hat mir einmal gesagt: »Es gibt nur ein Mittel gegen die Angst vor einem befohlenen Angriff: nur an den nächsten Schritt, der befohlen ist, denken. Sich genau an die Weisungen halten. Eins nach dem anderen tun, als führe ein anderer die Hand, wenn sie sich mit automatischen Waffen einübt. Wenn man es erst einmal kann, fühlt man sich frei von Angst.«

»Genug von Zobel«, forderte der eigenwillige Therapeut, dessen Behandlungszeit am Ende war, auf ihn wartete schon der nächste Patient. Er gab Anton noch eine Spritze. Während des Krieges, das hatte er einmal Anton verraten, hatte er kaum noch Patienten, er hätte seine Praxis schließen können, aber jetzt reichte der Tag nicht aus, um sich die Klagen der Spätheimkehrer anzuhören.

»Eines muß ich zum Abschluß noch sagen«, bemerkte Anton, der gesehen hatte, daß der Therapeut auf seine Armbanduhr schaute. »Ich fange an, Zobel zu lieben. Wenn er nur in einer einzigen Nacht ausbleibt, bin ich den Tränen nahe.«

Langbein wechselte den Tonfall und stellte, schon an der Tür, ein paar sachliche Fragen, auf die er keine Antwort erwartete:

Wieviel Stunden Anton im Durchschnitt schlafe. In der Nacht, aber auch am Tag. Ob er endlich genug esse, seine Diät einhalte? Rauchte er wieder? Hatte er das Alkoholverbot durchbrochen?
Anton stürzte in die Tiefe, in seinen Ohren heulte es, sein Ziel würde das Nichts, nicht das ersehnte Nirwana sein. Angst hatte etwas an sich von einem Krampf, der Körper zog sich zusammen, der Atem stockte. Er hätte gern etwas getan, das den Sturz beendete und den Krampf löste. Es gelang aber nicht, die Höllenfahrt nahm kein Ende. Er hoffte, auf dem Grund, auf dem er hart aufstieß, Asmodi zu begegnen, der ihn auf seinem Flug in die Höhe mitnehmen würde, um noch einmal die Dächer der Stadt Salamanca abzuheben und in den Zimmern das, was die Menschen dort trieben, mitzuerleben, sich waschen, schlafen, sich lieben und paaren. Doch der wollüstige Dämon ließ ihn immer häufiger im Stich, er war satt, er hatte mehr in der spanischen Altstadt gesehen als Anton nach einem Luftangriff im Krieg. Anton traf nicht Asmodi, sein zweites Ich, das alle Eigenschaften eines Chronisten hatte, aber sich nicht auf dem obersten Umgang der Kathedrale bewegte. Auch bei Verbrechen und Schießereien griff er nicht ein, er sah sterbende Menschen klein, aber überdeutlich wie Präparate unter einem Mikroskop. Von den nächtlichen Flügen unter dem Schutz des hinkenden Teufels hatte er nur Langbein, dem Therapeuten, etwas gesagt. Er war auch nie zur Stelle, wenn der Mongole erschien und ihn mit allerlei Waffen bedrohte, der schöne, sich gelassen bewegende Junge, zu dem er in Liebe entbrannt war, obgleich er zu wissen glaubte, daß er ihn getötet hatte.
Zobel lag zu seinen Füßen und regte sich nicht mehr. Anton bückte sich, um an der Halsschlagader, am Puls oder am Atem festzustellen, daß er sich nicht nur totstellte, um Anton anzugreifen. Er hielt ihm eine Spiegelscherbe vor den Mund und beobachtete, ob das Glas sich vom Hauch des Scheintoten beschlug. Er sagte dreimal hintereinander: »Zobel,

komm zu dir« – ohne Erfolg. Was hatte Antons Kriegskamerad ihm gesagt: »Töten ist leicht, man muß es nur wie jedes Handwerk erlernen. Wenn man es beherrscht, bekommt man sogar einen Meisterbrief dafür. Der Soldat wird befördert und je nach der Anzahl seiner Opfer mit Orden bedacht!«
Der Therapeut hatte bei der letzten Sitzung gesagt: Solange er noch Figuren sah und mit ihnen sprechen konnte in seinen Träumen, wisse er noch nicht, was Angst bedeutet. Sie setzte eine schwindeltreibende Leere voraus, den letzten Grad der unwiderruflichen Einsamkeit. Sie wurde begleitet von körperlichen Beschwerden wie Bauchgrimmen, Schwindel und Gleichgewichtsverlust, von Harndrang und Schweiß. Um sie loszuwerden, wäre Anton gern aus seiner Haut geschlüpft, um den Mongolen wirklich zu töten oder sich mit ihm zu vereinigen, indem er ihn sich einverleibte, und die Eigenschaften, um die er ihn beneidet hatte, zu erben: Schönheit und Einfalt, Kraft und Lust an der Bewegung, Gesundheit eines, der sein kurzes Leben lang nur reine Wüsten- und Seeluft geatmet hat.
Anton erwachte vom Straßenlärm und vom Tageslicht. Bis vor kurzem hatte er noch abends das Kalenderblatt abgerissen, um das Datum nicht zu vergessen, aber die Uhr war noch nicht repariert. Antons Sauberkeit ließ zu wünschen übrig, wenn man sie mit Philis Liebhaber, der immer frisch von der Dusche kam, verglich. Jemand hätte sein Haar waschen müssen, das immer schneller und wirrer wuchs, die Narben im Nacken, seine Kriegsverletzungen, wurden durch einen Ausschlag, roten Pünktchen rund um den Hals herum, betont. Anton wies die Leckerbissen der Tante mit einer verächtlichen Handbewegung zurück. Phili hatte das von vornherein gewußt und freute sich schon auf das Abendessen mit Jupp und Hajo, für deren Appetit die gestohlenen Kostbarkeiten nicht hinreichten. Eine Flasche Champagner aus dem PX-Shop öffnete sie geschickt und fast lautlos. Anton merkte,

daß sie einige Übung darin hatte. Der süßliche Geruch des Champagners erregte ihm Übelkeit. Trotzdem trank er ein Gläschen, irgendwo hatte er gehört, daß Sekt gut für den Kreislauf sei. Phili wußte, daß er sich seit Wochen nur noch von der Tante mit heißer Brühe, Hühnerfleisch, einem Ei und frisch gepreßtem Orangensaft ernähren ließ. Er traute ihr zu, daß sie ihn nicht vergiften wollte.
Im medizinischen Lexikon, das Jupp ihm geliehen hatte, las er immer wieder den Artikel über die Angst. Es wurden nur die Symptome beschrieben, nicht der Ursprung seiner rätselhaften Krankheit, auch keine Vorschläge zur Therapie. Anton beschloß, den Text auswendig zu lernen wie ein Gebet, das man bei drohender Gefahr vor sich hinsagen konnte. Es wirkte beruhigend, immer die gleichen Worte stumm aufzusagen, das hatte er schon in der Schule empfunden – besonders Gedichte, deren Verse sich reimten, gefielen ihm gut, sie glichen Musikstückchen, bei denen man auf die Kadenz wartete. Beim Militär hatte Anton gelernt, wie wichtig das Liedersingen bei Märschen war, man fühlte sich als Gemeinschaft, einer zog den anderen mit sich, wenn ihm Füße und Rücken wehtaten. Phili verließ mit einem »good night, sleep tight« das Zimmer, nachdem sie die Jalousien heruntergelassen und die Vorhänge zugezogen hatte. Anton übte den Text aus dem Lexikon, er machte kaum einen Fehler: Angst ist begleitet von körperlichen Affektsymptomen und führt auf die Dauer zu vegetativer Fehlsteuerung; sie bewirkt auch Bewegungshemmung, beziehungsweise Lähmung (Totstellreflex) oder gesteigerte Unruhe und Tendenz zu Flucht- und Abwehrverhalten. Die Psychoanalyse führt alle Angst auf den Verlust einer geliebten Person zurück und die Urangst im Geburtstrauma. Angst ist außerdem als Konfliktsignal Kennzeichen aller Neurosen. Die Daseinsanalyse sieht den Ursprung der Angst allgemein in einer fundamentalen Existenzbedrohung. Im wesentlichen erst seit Sören Kierkegaard gibt es das Problem. Für Heidegger ist sie eine Grundbefindlichkeit des

menschlichen Daseins, in der sich sein ›In-der-Weltsein‹ erschließt und die es auszuhalten gilt.
Anton geriet ins Schwitzen. Besonders der Schluß der Erklärung machte ihm Kummer. Dagegen war die Lehre des Allwissenden, der Unterschied zwischen Dasein und Existenz, einfach und klar. Die beiden Philosophen, die jetzt den Ton angaben, konnten sich nicht leiden, wie Anton gehört hatte. Für meine Lebensphilosophie braucht man kein Wörterbuch, hatte der Allwissende zu seinen Studenten gesagt. Was aber Grundbefindlichkeit des menschlichen Daseins und In-der-Weltsein bedeutet, konnte sich Anton kaum erklären. Der Schluß des Textes, daß es die Angst, die jeder Mensch in sich trägt, auszuhalten gilt, gefiel Anton gut, sie war wie ein Glockenklang, eine Kadenz, aber zugleich glich sie einem Bombenschlag im Krieg. »Aushalten«, sagte Anton vor sich hin. Ähnliches hatte der Kompaniechef im Krieg gesagt, wenn er wieder einmal einen Rückzugsbefehl geben mußte. Ob Langbeins Therapieversuche die Angst, die sich auf kein bestimmtes Objekt bezieht, bändigen konnte, schien Anton zweifelhaft. Ohne die Mitwirkung des Patienten war eine Heilung unmöglich, hatte Langbein gesagt. Aus welchem Grund sollte Anton es mit der Selbsttherapie versuchen? Die Urangst ist nicht heilbar, man muß sie aushalten, ein wahrhaftiges Wort ohne jede Schönfärberei. Mutig, edel, hätte er früher gedacht, als er noch an die Größe und Bedeutung einzelner Menschen glaubte. Auf den Versuch kam es an.
Er verließ das Bett, zog sich an, nur die Militärstiefel nicht, außer ihnen besaß er nur Gastons Geschenk, Hausschuhe, die ihm zu groß waren. Er öffnete beide Fenster weit und sah zum ersten Mal seit Wochen den blaßblauen Himmel mit dem sich ständig verändernden Wolkenzug. Er legte die mexikanische Decke über das ungemachte Bett, setzte sich an den Tisch und versuchte, einen Text zu schreiben, der sich nicht auf ihn, sondern auf jeden Menschen bezog. Mit verschiedenen »Aushalten« trieb er sich an wie mit Peitschen-

hieben. Auf jenem Wandkalender hatte er eingetragen, daß heute Langbeins Besuchstag war. Langbein war stets pünktlich und verlangte von seinen Patienten die gleiche Pünktlichkeit. »Aushalten«, wiederholte Anton, empfand aber zugleich den Drang, auf die Toilette zu gehen und Blase und Darm zu entleeren. Es dauerte länger, als er vermutet hatte. Er hörte schon die langen, gleichmäßigen Schritte auf der Holzstiege.

Seit einer Weile bemühte sich Langbein vergeblich, Anton den Unterschied zwischen Angst und Furcht klarzumachen. Furcht hatte jeder, wenn sein Feind einen Namen hatte: Bombenhagel, Feuer, bewaffneter Überfall, Biß eines Hundes. Die Angst, an der Anton litt, hatte keinen Grund, man konnte sich nicht gegen sie wehren. Langbein beschrieb sie als »stark unlustgetönten Affekt, als quälenden, grundlosen Dauerzustand ohne bestimmtes Objekt«. Vor Phili, die das Zimmer aufräumte und die Blattpflanzen begoß, brauchte er weder Furcht noch Angst mehr zu haben. Sie würde sich nicht wie früher an ihn drängen und ihm zuschauen, wie er den Schlafanzug wechselte und sich vor ihr wusch, weil er zu schwach war, die halbe Treppe bis zur Toilette und zur Dusche zu gehen. Sie war nur noch eine Krankenschwester.

Anton hatte Lust auf frische Luft und schlug dem Therapeuten vor, einen Spaziergang am Fluß zu machen. Langbein zeigte sich erstaunt, war aber einverstanden und half seinem Patienten, sich anzuziehen und den von Herrn Winter geerbten Mantel aus dem Kleiderschrank zu holen.

»Es ist ziemlich kalt«, sagte Langbein, »es ist Winter, falls du das vergessen haben solltest. Wir können jetzt keine Lungenentzündung, nicht einmal eine Erkältung brauchen.« Langbein wickelte ihm einen Schal um den Hals und setzte ihm eine Wollmütze auf, die Antons Mutter getragen hatte. Mein Leben lang werde ich in geliehenen Kleidern herumlaufen, dachte Anton, der seinen Entschluß, das Zimmer zu verlassen, schon wieder bereute. Doch jetzt bestand Langbein auf dem Versuch. Er hakte sich bei Anton ein und öffnete die Haustür. Zum Glück begegneten sie keinem Menschen. Anton hätte sich wegen seiner Verpuppung geschämt. Langbein hatte dafür gesorgt, daß er vor seinem ersten Spaziergang nicht in den Spiegel schaute und sein schmales unrasiertes Hungergesicht nicht sah.

Anton zählte die Schritte bis zur Uferstraße. Die Baumgerippe der Anlage hatte er zuletzt mit leuchtenden Herbstblättern gesehen. Wie schnell die Zeit vergeht, wenn man sie nicht mehr mißt und überwacht, dachte er. Am Ufer fing er zu frieren an.

»Wie kahl und durchsichtig alles ist«, sagte er zu Langbein, »hat es etwa schon geschneit?«

Auf seinem Klapptisch hatte er ein Thermometer, ein Barometer und ein Hygrometer in einem Glasgehäuse aufgestellt, aber er sah sie nicht an, das Wetter ging ihn nichts mehr an. Jetzt hätte er gern gewußt, ob es schon Nachtfröste gegeben hatte. Langbein, der merkte, wie schwer Anton das Gehen fiel, schlug vor umzukehren. Man solle bei der Rekonvaleszenz nichts übertreiben. Er spüre nichts von einer Genesung, sagte Anton spöttisch, mit der Absicht, den Therapeuten zu kränken.

»Von Zeit zu Zeit soll man die Tapeten wechseln«, meinte Langbein. Sie gingen in ein kleines Studentencafé in der Hauptstraße. Aber das Café waren ungeheizt, nichts konnte Anton weniger brauchen als Kälte. Er hatte auch schon davon geträumt, daß er ins eisige Wasser des Flußes sprang mit dem Wunsch zu ertrinken, doch kaum hatte er die Wasserfläche berührt, da schossen Eisschollen zusammen und vereinigten sich, so daß er nicht mehr in die Tiefe tauchen konnte.

»Wie leer es ist«, sagte Anton, »man könnte glauben, die ganze Stadt halte Winterschlaf wie ich.«

Langbein führte ihn in die Kirche vom Heiligen Geist, die zu Antons Überraschung geheizt war, weil man am Abend ein Weihnachtskonzert mit auswärtigen Musikern plante.

»Laß uns hier bleiben«, sagte Anton, der seinen Therapeuten zum ersten Mal duzte, »ich habe die Kirche bis heute nur von außen gesehen. Das Glockenläuten hat mich gestört.«
Sie setzten sich auf die Empore in die Nähe der Orgel, wo es dunkel aber warm war.
»Auch alles kahl hier«, sagte er zu Langbein, »als wären gerade die Bilderstürmer dagewesen. Sie haben nur graue oder rötliche Pfeiler auf beiden Seiten des Mittelschiffs hinterlassen. Kühl und streng. In dieser Kirche bin ich getauft worden.«
»Reichlich spät fällt dir das ein«, sagte Langbein. »Da wir gerade bei der Familie sind, habe ich eine Frage, die ich dir schon lange stellen wollte: Du sprichst kaum von deinen Eltern. Vermißt du sie nicht?«
Anton zuckte zusammen.
»Habe ich in ein Wespennest gestochen?« fragte Langbein ziemlich laut, in der gewölbten Decke des Mittelschiffs hatte sich ein Echo versteckt, das seine Frage in einem anderen Tonfall wiederholte.
»Ich heiße nicht Winter.« Diesen Satz hatte Anton schon lange nicht mehr aus seinem eigenen Munde gehört.
»Für unsere Namen können wir nichts«, sagte Langbein.
»Ich bin illegal geboren. Meinen wirklichen Vater kenne ich nicht.«
»Der Beweis?« fragte Langbein.
»Ich habe einen Brief meiner Mutter in meinem Elternhaus gefunden. Mit großer Verspätung erklärt sie darin ihrem Geliebten die Tatsache meiner Geburt. Wie bei einem amtlichen Dokument nennt sie auch noch das Datum.«
»Besitzt du diesen Brief?« fragte Langbein.
»Er ist das Kostbarste, was ich gefunden habe. Ich trage den Brief immer bei mir. Er liegt zwischen dem Entlassungsschein aus der Kriegsgefangenschaft und meinem Personalausweis.«
»Kann ich ihn sehen?«
Anton griff in seine Jackentasche.

»Nicht jetzt, nicht hier«, sagte Langbein. »Hier ist es zu dunkel. Am liebsten würde ich den Brief in aller Ruhe zu Hause lesen. Bist du nie auf den Gedanken gekommen, daß nicht nur Krieg und Zerstörung dich quälen, sondern der falsche Vater?«
»Vielleicht«, gab Anton zu, »in letzter Zeit denke ich nur noch selten daran.«
»Wie fühlst du dich jetzt, nachdem du es ausgesprochen hast?«
»Besser«, sagte Anton. In Wirklichkeit war er den Tränen nahe. »Ich bin weder heil noch ganz, ehe ich ihn gefunden habe. Vater und Sohn gehören zusammen. Einer hat vom anderen Eigenschaften und Begabungen geerbt. Manchmal, wenn ich nicht schlafen kann, stelle ich ihn mir vor, einmal habe ich sogar nach ihm gerufen. Mein Vater und ich, wir wurden ein einziges Wesen. Ich frage ihn manchmal etwas, aber er schweigt, als gebe es ihn gar nicht. Ich brauche ihn, um mich selbst zu finden.«
»Weshalb hast du mir das alles nicht früher gesagt?« fragte Langbein, »wir hätten uns manchen Umweg ersparen können.«
»Ich konnte es nicht. Es sollte mein Geheimnis bleiben. Niemand durfte es erfahren, auch du nicht.«
»Was hast du vor?« fragte Langbein.
»Ich werde ihn suchen.«

Zwei Schwalben schossen kreuz und quer durch den Raum. Sie prallten von den Fenstern ab, zu denen das Licht sie trieb. Sie machten einen neuen Versuch, ins Freie zu kommen. Ihr Nest hatten sie offenbar gebaut, als das Dach vom Heiligen Geist noch schadhaft war. Jemand hatte sich während ihres Gesprächs zur Orgel geschlichen. Der junge Mann fing zu üben an, dilettantisch, mit falsch gezogenen Registern. Es sollte wohl der von Bach mehrfach verwendete Choral »O Haupt voll Blut und Wunden« sein. Für Anton und Langbein

waren die Orgeltöne und das umherirrende Schwalbenpaar das Zeichen, die Kirche zu verlassen.
»Wir sind zwar nicht spazierengegangen«, sagte Langbein, »aber du bist doch ins Freie gekommen.«

»Es ist geglückt«, sagte Melisande. »Heute nachmittag um 5 Uhr 15. Seien Sie bitte pünktlich. Mein Schwager hat einen Terminkalender wie ein Industrieller – zu seinem Leidwesen.« Melisande, stolz auf ihre Leistung, lobte sich.
Anton bekam einen Hustenanfall, der beim Besuch des Allwissenden schlimmer als im Theater war. Er hielt die Hand vor den Mund. Er war verwundert, daß der Allwissende dasselbe wie er tat und einen Schluck Wasser trank, vielleicht war es auch ein flüssiges Medikament. Anton räusperte sich, bevor er sich entschuldigte, daß er die Vorlesungen und Seminare des Allwissenden nicht besuchen konnte, weil er krank gewesen sei.
»Krank«, wiederholte der Philosoph, »wie lange?«
»Mehrere Wochen«, erklärte Anton, seine Stimme klang belegt. Vielleicht war er Bakterienträger. Ich hätte den Professor nie besuchen dürfen, dachte er, seine Gesundheit ist für uns alle wichtig. Sein Eindringen würden sie Anton nie verzeihen.
»Befund?« fragte der Allwissende mit seiner hellen und deutlichen Stimme.
»Kein Befund«, sagte Anton und räusperte sich noch einmal.
»Habe ich mir gedacht«, sagte der Allwissende, der offenbar über den Fall unterrichtet war.
»Wie würden Sie Ihren Zustand beschreiben?«
Der Text, den Anton im Lexikon auswendig gelernt hatte, fiel ihm ein. Wenn er auch etwas unklar blieb, falsch konnte er nicht sein. »Angst, stark unlustgetönt, ohne Grund. Kennzeichen aller Neurosen.«
»Sie brauchen mich nicht zu belehren«, erklärte der Allwissende. »Sie sollten alles vergessen, was in diesen Büchern steht. Jeder Fall ist anders gelagert, muß individuell behan-

delt werden. Ich finde nicht die Urangst im Geburtstrauma wie viele Kollegen.«
Anton machte einen Fehler, der fast zur Beendigung des Gesprächs geführt hätte. »Für Heidegger«, erklärte er, »ist die Angst eine Grundbefindlichkeit des menschlichen Daseins, in der sich ihm sein ›in der Weltsein‹ erschließt. Es gilt, diese Angst auszuhalten.«
Der Allwissende wollte sich nicht äußern zur Lehre seines Kollegen. Nach einer Weile sagte er aber doch, das klinge tapfer. Es erinnere ihn an einen Soldaten, der nach vielen Fluchtversuchen dem Feind die Brust bietet, als wolle er sagen: Hier bin ich. Mach mit mir, was du willst. Ich werde es aushalten. In der Renaissance gab es solche allegorischen Darstellungen der Tapferkeit. Anton erinnerte sich an einen anderen Ausspruch des Allwissenden: Kunst ist Verführung, Täuschung, vielleicht sogar Lüge. Wir suchen die Wahrheit. Während Antons Krankheit, die keinen Namen hatte, mußte er oft an die Lehre von den Grenzsituationen denken. Vielleicht gehörte auch seine Krankheit dazu.
Der Philosoph machte eine matte Handbewegung, die Anton verstummen ließ. »Fragen Sie nur weiter«, sagte er, »es zeigt, daß Sie nachgedacht haben. Das Denken müssen wir erst wieder lernen nach Terror und Krieg. Viele Fragen sind damit verbunden. Der Fehler ist nur, daß sie nicht gestellt werden. Fangen wir noch einmal von vorne an: Hat Ihre Angst mit dem Verlust eines geliebten Wesens zu tun?«
»Man kann nur verlieren, was man besessen hat«, sagte Anton.
»Ich habe den Menschen, nach dem ich mich sehne, niemals gekannt.«
»Schuldgefühle?« fragte der Allwissende, ohne auf Antons unklare Antwort einzugehen.
»Vielleicht. Schon als Kind war mir manchmal zumute, als müsse ich die Welt und ihre Last auf meinen Schultern tragen.«

»Und im Krieg?«
»Habe ich mich wieder schuldig gefühlt an allem, was geschehen ist.«
»Haben Sie jemals darüber gesprochen?«
»Mir fehlt das Vertrauen. Ich kann nicht lieben, weil ich nicht geliebt werde.«
»Kennen Sie den 1. Korinther 13?«
»Nun aber bleiben Glaube, Hoffnung, Liebe, diese drei. Aber die Liebe ist die größte unter ihnen.« Anton wußte nicht, ob er die Reihenfolge der drei Mächte richtig behalten hatte. Der Allwissende korrigierte ihn nicht. Er schwieg.
Der Allwissende hatte Anton wenig Hoffnung gegeben. Ein moralisches Verhör konnte die Liebe nicht ersetzen, auf die sich der Philosoph immer wieder berief. Das Gefühl, in einer entscheidenden Stunde versagt zu haben, peinigte Anton. Er war auch im Haus des Allwissenden nur »da gewesen«, er hatte nicht »existiert«, wie es von ihm verlangt worden war. Über den Sinn des »guten Scheiterns« zu reden, hatte er in seiner Verwirrung vergessen. Vielleicht war das gut. Ein längerer Vortrag des Allwissenden über diesen Begriff hätte ihm mehr geschadet als genützt; außerdem konnte er alles, was dazu zu sagen war, in den Büchern des Philosophen nachlesen.
Als er den Besuch in der Höhle des Löwen vorbereitete, wollte er das Gespräch sogleich mit dem Bekenntnis eröffnen, daß er, Anton, ein Beispiel des guten Scheiterns sei. Aber dann war ihm dieser Eröffnungszug nicht mehr eingefallen. Vielleicht konnte er noch einmal mit Melisande darüber reden; sie war eine Frau, bei der sich Natur und Geist die Waage hielten. Ein Mutterersatz? Kaum, dazu war die Bogenschützin zu streng und zu sehr im Kreis des Allwissenden gefangen, dazu noch dessen Schwägerin. An der Universität dieser Stadt schienen alle Dozenten miteinander verwandt oder zerstritten zu sein. Nach einer schlaflosen Nacht sagte Anton sich, er hätte sich den Besuch beim Allwissenden

schenken können. Er war noch verzweifelter zurückgekommen, er kam sich nach diesem Verhörgespräch noch mehr als Versager und schuldig geboren vor.

»Reden ist auch ein Tun«, hatte der Professor gesagt; eines Tages könnte es sogar die in lauter falsche Tätigkeiten und dumpfe Emotionen verstrickte Welt verändern.

»Was ist mit den Eltern?« fragte der Philosoph.
»Beide tot.«
»Geschwister?«
»Keine. Ich bin ein Einzelkind.«
»Beruf des Vaters?«
»Gymnasialdirektor.«
»Ersatzväter?«
»Ich bin auf der Suche.«
»Verhältnis zur Mutter?«
»Innig.«
»Zum Vater?«
»Ich kenne ihn nicht.«
»Was soll das heißen?«
»Ich bin ein illegales Kind.«
»Also heißen Sie gar nicht Winter, wenn ich Sie richtig verstehe.«
»Meine Mutter wollte es mir am Tag meiner Mündigkeit sagen. Aber jetzt ist sie tot.«
»Der Vater kann wichtiger als die Mutter sein, wenn es um die geistige Entwicklung geht«, sagte der Allwissende, »Sie müssen auf ein Ziel zugehen.«
»Ich bin auf der Suche.«
»Verständlich, aber nicht ungefährlich.«
»Einer der Ersatzväter könnten Sie sein.«
»Diese Rolle haben mir schon viele angetragen«, sagte der Allwissende, »vor allem solche, die noch Väter haben. Ich nehme sie nicht an. Ich bin für Anhänger meiner Lehre da, nicht für einen einzelnen, der mich für sich beanspruchen möchte.«

Anton entschuldigte sich. Er wollte den Philosophen nicht länger belästigen. Er habe nur noch eine Frage, die man vielleicht metaphysisch nennen könnte: »Wie kommt es, daß die Offenbarungsreligionen Gott als Vater betrachten, der allwissend ist. Seine Prüfungen sind schmerzhaft. Von seiner Liebe merkt man nicht viel. Wenn man ihn um Hilfe bittet, schweigt er. Vielleicht sind wir ihm längst gleichgültig geworden.«
»Er ist persönlich, aber unsichtbar«, erklärte der Allwissende. »Man soll sich kein Bildnis oder Gleichnis von ihm machen. Er ist ohne Gestalt, ohne Gesicht, ohne Stimme. Sie glauben doch nicht im Ernst, daß ich Ihnen eine Antwort darauf geben kann, ob es ihn gibt.«
»Ist er nur für die Christen ein Vater?«
»Das müßte gründlicher untersucht werden.«
»Kein Vater«, wagte Anton zu sagen, »ist so grausam wie er.«
Der Allwissende schien den Dialog im Augenblick, in dem er für Anton am wichtigsten war, abbrechen zu wollen. Wahrscheinlich hatte er einen anderen Termin. Er rückte in seinem Armsessel hin und her und notierte etwas in seinem Kalender. »Es gibt ein Gedicht von Rilke«, sagte er scheinbar beiläufig, »in dem Gott nicht als Vater, sondern als Sohn bezeichnet wird. Die alte Projektion könnte man denken: Gott eine Erfindung des Menschen, der verzweifelt ist. Wir alle brauchen einen Partner, um ihn um Rat zu fragen. Aber er muß antworten. Schweigen löst die Probleme nicht.« Der Allwissende stand auf, ein Zeichen, daß das Gespräch beendet war.
»Es gibt viele Vaterfiguren«, sagte er zum Abschluß. »Es gibt junge Männer genug, die mich für einen Ratgeber halten. Aber ich bin keine Vaterfigur.« In diesem Augenblick kam Melisande ins Zimmer, um das Teegeschirr abzuräumen. Vielleicht hatte sie mit dem Allwissenden die Dauer des Gesprächs ausgemacht. Der Abschied fiel kurz und kühl aus.

In der Nacht kam ein Sturm auf. Da Anton stets bei halboffenem Fenster schlief, war das Rauschen und Pfeifen so laut, daß er davon aufwachte. Im Zimmer wurden die wenigen Möbel lebendig. Vom Kalender rissen ein paar Zettel ab. Die letzte Seite des Schulheftes mit den sieben Punkten flatterte durch die Luft. Er atmete tief, er war dem Sturm dankbar, daß er sich endlich in das Waldtal verirrt hatte. Auf der Holztreppe wurde es laut. Anton konnte Philis Trippelschritt von den Sprüngen Jupps und Hajos unterscheiden. Sogar die Bäckerin schleppte sich in die Küche hinunter. Die Kirchenglocken fingen zu läuten an, als habe der Sturm sie in Bewegung versetzt. Einige Passanten mußten an ein Erdbeben denken. Erst als sie vor Kälte zitterten, verschwanden sie wieder in ihren Häusern. Die Szene paßt zur stehengebliebenen Stadt, dachte Anton. Deren Bewohner hatten keine Luftangriffe erlebt und nie einen Menschen als lebende Phosphorfackel in den Fluß springen sehen. Der Sturm fegte die Abfälle über Plätze und Straßen. Anton, der noch einmal nach draußen gegangen war, sah viel Papier durch die Luft segeln, beschriebene und unbeschriebene Seiten eines gewiß unsterblichen Werks. Der Sturm war nur ein Bote, der ein Gewitter ankündigte. Blitz und Donner fanden wenig Widerstand in der blätterlosen Winterlandschaft. Anton fühlte sich bewegt und erregt, sein Haar knisterte und sprühte Funken. Schluß mit der Krankheit ohne Befund, dachte er. Von morgen an würde er ein neues Leben beginnen. Er hatte keine Schmerzen mehr, weder im Nacken noch in der Brust. Er fühlte sich ausgelüftet, er hielt Sturm und Gewitter für seine Verbündeten. Der Sturm hatte kaum Schaden angerichtet. Es schien, daß die Stadt, in der ein Allwissender lebte, von allen Katastrophen verschont wurde. Die beiden gesprengten Bögen der alten Brücke würden bald rekonstruiert sein. Die Stille, die sich auf die Ziegeldächer senkte, war beklemmend.

In sein grünliniertes Schulheft schrieb Anton einige Stichworte, keine Schilderung seines Zustandes, nur ein paar Zahlen. Seit einiger Zeit gab er den Tagen Noten, wie es der

Lehrer tut. Wenn es sein mußte, kamen noch ein paar Sätze in Geheimschrift dazu.
1. Ortswechsel, so bald es möglich sein wird.
2. Besuch von Vorlesungen, die sich mit der Völkerwanderungszeit beschäftigen. Byzanz. Ende der römischen Bürger.
3. Nicht noch einmal Hungerstreik, aber Diät halten.
4. Brief an Esra.
5. Einstellung von Philis Küchenwecker, der von jetzt an um neun Uhr morgens läuten soll.
6. Überwachung des Kalenders. Wenn er den falschen Tag anzeigt, sofort die nicht abgerissenen Blätter vernichten.
7. Langbein fragen, was der Unterschied zwischen Vergessen und Verdrängen ist.
8. Abschiedsbesuch und Dank an Melisande.
Bei Punkt 7 fiel Anton der Stift aus der Hand, er schlief ein paar Minuten mit halb geöffneten Augen. Dann steckte er das Heft mit der Aufschrift MEMO in die Schublade am Klapptisch und ging zu Bett. Einige Zeit vorher hatte er im Schulheft die Schlafstunden, die Temperatur, den Blutdruck, die Sonnenstunden, sogar die Auf- und Untergangszeiten der Mondsichel aufgezeichnet. Das alles kam ihm fast krankenhausreif vor. Er hatte sich heute selbst aus der Behandlung entlassen.

»Winter«, hörte Anton eine grelle Stimme rufen. Es war Jupp, der wieder dabei war, Mitglieder für seine noch nicht wieder erlaubte Verbindung zu werben. Man plante ein Zusammentreffen in einem Nebenzimmer des »Brüllenden Löwen«, eine geschlossene Gesellschaft am lang ausgezogenen Tisch, wo die neuen Studenten das Biertrinken und Salamanderreiben erlernen sollten.
»Ich heiße nicht Winter«, sagte Anton leise, geheimnistuerisch, »man nennt mich nur so.«

»Wie du meinst«, sagte Jupp und schlug ihm auf die Schulter, »meinetwegen Sommer, obgleich die Jahreszeit weniger gut zu dir paßt. Auch Herbst käme in Frage, aber das klingt nach einem vergrämten Gelehrten, einem Trauerkloß. Den wollen wir nicht aus dir machen; wenn du dich noch krank fühlst, ersparen wir dir das Voranmeldezeremoniell. Schon ein paar Mal haben wir es durchgeführt, ohne von Amis oder der Polizei überrascht zu werden.«
»Eine Initiation?«
Jupp kannte das Wort offenbar nicht, aber da es etwas feierlich klang, wollte er es gern in sein Vokabular aufnehmen.
»Schmerzhaft?« fragte Anton. »Wie bei Naturvölkern?«
Auch diese Frage konnte Jupp nicht beantworten, da er kaum etwas von den Ritualen der Naturvölker wußte.
»Es brennt«, sagte er mit einem schadenfrohen Lachen, »aber das geht vorbei.« Er erzählte von einer Wanderung, die er und seine Freunde zu dem kahlen Hügel mit Resten einer ehemaligen Festung gemacht hatten. Anton hatte nie in eine studentische Verbindung eintreten wollen, trotzdem nahm er sich vor, sich dem Brennesselbad auszusetzen.
»Wir haben das schon gemacht«, sagte Jupp, »Seitdem sind wir ›Füchse‹.«
»Also los«, sagte Jupp. Er zog einen großen Schlüssel aus seiner Tasche. »Darf ich den Herren das ehemalige Refektorium des Klosters zeigen?« Er benahm sich wie ein Fremdenführer. Er machte die Studenten auf die schön gewölbte Decke des Raums, die mit einem Herbarium heimischer Kräuter geschmückt war, aufmerksam. Vom Refektorium ging eine steile Treppe in den Keller hinunter. Es roch nach Wein. Zwei hölzerne Bottiche, größer als Badewannen, verbreiteten Feuchtigkeit. Gewiß werfen sie mich ins heiße Wasser, dachte Anton, als er die Bottiche sah. Dann entdeckte er, daß eines der Gefäße bis zum Rand mit Brennesseln gefüllt war.
»Sei kein Frosch«, rief Jupp ihm zu, »weg mit der Kledage. Bis jetzt habe ich dich nie für einen Spielverderber gehalten.«

Im Keller war es finster, nur wenig Licht drang durch die Luken. Jupp und Hajo zündeten große Kerzen an. Das Ritual ist geradezu feierlich, dachte Anton. Sie tun, als wollten sie mich noch einmal taufen. Anton bewegte sich ungeschickt. Schämte er sich seiner Nacktheit, oder hatte er Angst vor dem Brennesselzeremoniell?
»Hinein mit ihm«, riefen sie. »Ein Sprung, und du hast es hinter dir.«
Anton ließ sich erst die Zehen verbrennen. Zu heiß, dachte er, fast kochendes Wasser. Dann tauchte er ein in die grüne Flut. Es tat so weh, daß er den Atem anhielt, um nicht aufzuschreien. Zahllose winzige Stiche bohrten sich in seine Haut.
»Brennt es gut?« fragte Jupp, »oder sollen wir dir noch mehr einheizen?« Anton schüttelte den Kopf. Er stand steif im Bottich wie ein Kind, das man ins Wasser hetzt, obgleich es nicht schwimmen kann.
»Bewegung«, befahl Hajo. Die beiden »Füchse« brachten mehrere Weinflaschen. Eine davon hielten sie Anton an den Mund. Jedesmal wenn er zuschnappen wollte, zogen sie ihm die Flasche weg. Er hatte nicht nur Schmerzen, sondern mörderischen Durst. Schließlich goß Jupp ihm den Wein ins Gesicht.
»Eine gute Narkose, wenn man es nicht länger aushält«, sagte er.
Antons ganzer Körper war zerstochen wie von Insektenbissen. Der Schmerz war nicht das Schlimmste, mit ihm hatte er umzugehen gelernt. Sie hatten einen Vertrag miteinander geschlossen für den Fall von Mißhandlungen jeder Art.
Komm zu mir, sagte der Schmerz, ich war schon vorher da und habe auf dich gewartet. Wir beide gehören zusammen. Jeder leidet nur die Hälfte der Qual. Es ist nicht so schlimm, wie du denkst. Du mußt dich nur ablenken. Bald ist es so weit, daß die Nesseln nur noch jucken. Aber du darfst dich nicht kratzen.
»Ist es sehr schlimm?« fragte Jupp.

»Man gewöhnt sich daran.« Anton wollte ihm eine möglichst gleichgültige Antwort geben.
Jupp beugte sich über den Bottich.
»Bewegung«, rief er wie ein Feldwebel zu den Rekruten. »Bewegt euch endlich, ihr faulen Säcke.« Anton begann im Kreis herumzugehen, die Stiche wurden stärker. Sein ganzer Körper fühlte sich geschwollen an. Er blieb keinen Augenblick mehr stehen. Die Bewegung gehörte offenbar zur Mutprobe. Die anderen sahen nicht zu, als Anton sich anzog. In Zukunft werde ich mich nicht mehr erniedrigen, dachte er. Damit ist es vorbei. Ein dritter Hocker wurde herbeigeschafft. Die Kumpane beglückwünschten Anton zum Bestehen der Prüfung. Er fühlte sich in ihren Kreis aufgenommen. Hajo setzte ihm seine Mütze der Coriolan-Verbindung auf und hängte ihm das schwarzrotgoldene Banner um. Anton hätte sich gern am ganzen Körper gekratzt. Er trank sich einen Rausch an. Nichts angenehmer als ein Schmerz, der nachläßt, dachte er. Er war betäubt, er erkundigte sich nach der Herkunft des Weines, er wollte ihn sich für besondere Gelegenheiten beschaffen.
»Gaudeamus igitur«, begann Hajo zu singen, aber er kam nicht weiter. Die Einweihung eines Neulings, der die Härteprüfung bestanden hatte, verglich Jupp mit dem ersten Bordellbesuch.
»Sag die Wahrheit!« Jetzt brüllte Hajo, als müsse seine Stimme weite Entfernungen überwinden. Jeder Ton lockte im Kellergewölbe ein Echo hervor: Winter, Winter, Winter. Es gab Anton seinen verhaßten Namen zurück.
»Wie wars denn im Puff?« wollte Jupp wissen. »Von Erfolg gekrönt? Du hättest Vollzugsmeldung machen müssen.«

Am Abend nach dem Brennesselbad fing Anton zu husten an, er hatte Schmerzen in der Brust. Merkwürdig, daß man sich so leicht erkältet, wenn man ins Freie geht, dachte er.
»Passen Sie auf«, sagte Langbein, »der Körper hat seine eige-

nen Abwehrwaffen. Lungenentzündung.« Philis Tante saß stundenlang an seinem Bett und behandelte ihn mit einem Kräutertee, von dem sie mehr hielt als von Langbeins Heilmethoden. Anton dachte an Esra, der mit allen Sinnen in der fernen Vergangenheit lebte. Er steht genauso allein wie ich. Trotzdem arbeitet er bis in die Nacht hinein an der Erforschung der Völkerwanderungsstämme und des frühen Christentums. Anton überlegte, ob er sein Manuskript über das Schachspiel Karls des Großen und Harun ar-Raschids Esra nicht schicken sollte, verwarf den Gedanken aber wieder. Er wollte die stehengebliebene Stadt verlassen, die ihm wie ein Museum vorkam.
Weshalb hasse ich diese Stadt, fragte er sich, als es ihm wieder besser ging. Könnte ich nicht anderswo vernünftiger und leichter leben?
Nachdem Anton immer neue Schuldgefühle hatte, die sich verstärkten statt abzunehmen, riet sogar Gaston, er solle es mit einem Ortswechsel versuchen. Die Bäckerin hatte den Einfall, er möge es doch mit einem Ausflug in sein früheres Internat, die Waldschule am Rand der großen Ebene, versuchen.
Als er mit seinen Reisevorbereitungen begann, wurde es schon hell, ein blasser unausgeruhter Morgen. Erst an der Haustür fiel ihm ein, daß er zu wenig von dem wertlosen, aber immer noch gültigen Kriegsgeld hatte. Im Garten fand er Gaston, der schon immer ein Frühaufsteher gewesen war. Er wolle eine kleine Reise machen, sagte er. Gaston lieh ihm Geldscheine, die ihm wie welkende Herbstblätter vorkamen. »Gut, daß du einmal etwas anderes siehst als die ungeliebte Stadt und das Wintersche Haus.« Als Zivilperson mit einem gültigen Personalausweis könne er sogar im überfüllten Güterwagen fahren, in dem man die Tür ins Freie für Kindertransporte mit Erlaubnis der Besatzungsmächte sogar in deren Herbstferien öffnete.
Schon in der Bahnhofshalle, wo der ihm bekannte Schwarzmarkt sich gerade versammelte, erlebte Anton seinen ersten

und einzigen Freiheitsrausch der Flucht. Er hatte Glück. Heute schienen alle auf seiner Seite zu sein. Den Proviant, den ihm Gaston gegeben hatte, verstaute er in einem kleinen Rucksack. Ein Bauernmädchen schenkte ihm mit einem Lächeln, das ihm weh tat, ein paar Herbstblumen, die er so lange in der Hand hielt, bis sie verwelkt waren. An einem Schalter, vor dem eine Schlange kaum beaufsichtigter Kinder stand, die sich rasch bewegte und wieder auflöste, kaufte er eine Fahrkarte nach dem Ort, von dem aus man die Waldschule durch einen einstündigen Fußmarsch erreichte. Er hatte nicht die Absicht, sein Kindheitsnest, in dem er nicht flügge geworden war, wiederzusehen. Ihm fiel nur kein anderer Name für die Station ein, an der Personenzüge hielten. Es war warm und windstill.
Am liebsten wäre er auf das Dach eines Wagens geklettert. Aber seine Kraft reichte nur zu einem Güterwagen mit Stroh, in dem Jungen und Mädchen eines Kindertransports aufs Land Volkslieder sangen.
Der Zug setzte sich mit einem Ruck und einem Räderquietschen in Bewegung. Anton bekam den Ehrenplatz. Er saß auf Stroh an der halboffenen Ladetür des Güterwagens, atmete frische Luft, fühlte sich wie im Freien und betrachtete die aufsteigenden und absinkenden Telegrafenstangen, die Dörfer mit Kirchen und Burgen einrahmten. Er fand die Langsamkeit, mit der sich der Zug ächzend und seufzend bewegte, angenehm. Wir tun Überflüssiges zu schnell, dachte er, das ist ein Fehler. Er ließ die Beine vom Rand des Güterwagens ins Leere baumeln. Was mir fehlt, dachte er, sind Siebenmeilenstiefel. Er fragte eines der Ferienkinder, ein rothaariges Mädchen mit Stupsnase und tückischen kleinen Blauaugen, ob sie das Märchen vom gestiefelten Kater kenne.
Sie kannte es nicht, aber sie sagte: »Erzähl doch, Onkel!« Andere Kinder versammelten sich um ihn. Sie wollten ihm die Stiefel des Katers anmessen. Onkel, dachte Anton, das ist die beste Bezeichnung für einen wie mich. Märchenonkel,

denn jetzt scharten sich immer mehr Mädchen und Jungen um ihn und verlangten, die Geschichte vom gestiefelten Kater zu hören.

»Mit einem einzigen Schritt«, behauptete Anton, der das Märchen kaum kannte, »konnte dieser Kater, der wie ein Mensch auf zwei Beinen ging, von einem Land in ein anderes kommen, er hatte Zauberstiefel an, die Flügel ersetzten. Er war schon alt, hatte einen Schnurrbart, steife Ohren und ein hochmütiges Katzengesicht. Er konnte sogar lachen, wenn er ein menschliches Fahrzeug, einen Traktor, einen Pferdewagen, einen Jeep oder einen Bummelzug wie diesen überholte. Hat jemand von euch je eine lachende Katze gesehen?« Über diese Frage gab es Streit zwischen den kindlichen Katzenbesitzern.

Das Mädchen, das neben Anton saß, sagte: »Er sieht genau wie du aus, der gestiefelte Kater.« Es blitzte Anton mit seinen zu blauen Augen an. »Er will eine lange Reise machen«, behauptete es, »aber er kommt trotz der Wunderstiefel nicht weiter.« Die anderen Kinder lachten.

Zwischen den Festungsmauern eines Dorfes stank es nach Katzendreck, als der Zug wieder anhielt. Leise Schreie, kein Miauen, eher ein Hilferuf. Da lag sie, die ungestiefelte Katze, die Beine von sich gestreckt, mit geblähtem Bauch. Anton brauchte eine Weile, bis er begriff, daß diese Katze in den Wehen lag und niemand ihr helfen konnte. Als Hebamme eignete sich Anton nicht; die Kätzin brauchte auch keine bei dem Kunststück, das sie ihm jetzt zeigte. Kurz hintereinander glitten sechs kleine Pakete, ungegliedert, wie in Plastik gehüllt, feucht, aber nicht blutig aus ihrem Schoß. Mit den Schmerzen schien es vorbei zu sein. Sie fing sofort an, die Kinderpakete aufzulecken. Aber jetzt setzte sich der Zug in Bewegung.

Mitten in einem Waldgelände zwischen Tannen und Fichten hielt er wieder an. Anton verließ die Kinder, kletterte über die Geleise und tauchte in den ungeforsteten Wald ein, der nach Harz und nach dem Saft der Edelkastanien roch. Er wanderte

weiter, immer mehr nach Westen. Es wurde ganz still. Nur der Bach rauschte und Vögel zwitscherten. Unten in der großen Ebene hörte er ein langgezogenes Signal, das ihn an die Entwarnung der Luftangriffe im Krieg erinnerte. Die Äste und Zweige waren kahl, Netze, die den Blick in den Himmel versperrten. Einige Wege zwischen immergrünen Pflanzen kamen ihm bekannt vor, doch er wußte nicht, wohin sie führten. Beim Anblick des Baumnetzes stellte sich das Irrgartengefühl wieder ein. Überraschend entdeckte er die Holz- und Forsthäuser im Wald und die weiten Wiesen. Steifbeinig ging er auf das Haupthaus mit Erker und Giebel im englischen Stil zu. An der Waldschule mit ihren Treppenwegen hatte sich nichts geändert, das wunderte ihn. Niemand war zu sehen, auch an den Fenstern nicht. Hatte man die Waldschule geschlossen? War es Sonntag, hatten die Schüler frei? An der Tür zum Waschhaus stand eine Haushälterin, die ihm noch von früher her bekannt war. Wie fast alle Frauen hier war sie dick und braungebrannt von der Sonne. Sie begrüßten sich und redeten miteinander. Kleine Mädchen, von denen er bis jetzt nichts bemerkt hatte, spielten Boccia. Das Jüngste sprang Seil. Auf dem Sportplatz im Hochwald fand Anton Jungen, die lieber Fußball gespielt hätten.
»Das ist wegen der Brutalität verboten«, sagte die Haushälterin, die ihn begleitete. Einige halbwüchsige Mädchen tanzten in langen Gewändern mit Efeukränzen im Haar. Eine Lehrerin, die etwas abseits auf einer der Wiesen wohnte, fragte ihn, wie es jetzt in den zertrümmerten Großstädten aussehe. Der Nachkriegsleiter der Schule war verreist. Er würde bald mit jüdischen Kindern, die sich in einem Kibbuz nicht wohlfühlten, kommen. So lange vertrat ihn die Lehrerin in den Fächern, die ihr nahelagen – vergleichende Religionswissenschaft, Hinduismus, Buddhismus, die Religion der Tibetaner und die Philosophie der Ostasiaten. Als Altschüler und Gast, der nicht half, sondern nur zuhörte, nahm Anton an einer Stunde der jetzigen Leiterin, einer Inderin, teil.

Sie hatte nur wenige Zuhörer, da diese seltsamen Fächer im Abitur nicht geprüft wurden. Im Buddhismus ging es um das kleine, nicht um das große Fahrzeug. Der orthodoxe Buddhismus, über den sie zunächst sprach, war nicht für die Massen, sondern nur für vereinzelte Gläubige bestimmt. Im Westen warf man ihm vor, er sei asozial, ihm fehle das Gebot der Christen, sich um den Nächsten zu kümmern und seine Feinde zu lieben. Der Geist der Bergpredigt war Buddha fremd, das »kleine Fahrzeug« würde nie zur Staatsreligion werden. Nur Menschen, die mit sich allein sein konnten, sollten sich mit ihm befassen. Es galt zunächst, sich leer zu machen für das große Licht, nicht nur Wünsche und Bedürfnisse, sondern auch die Gedanken zu verbannen – wie ein Gefäß, das geeignet war, neue seelische Kräfte zu empfangen. Die Stufen der Meditation hießen unter anderem Sila, Samahdi, Panna, Vimutti. Es war unmöglich, die letzte und höchste Stufe in einem einzigen menschlichen Leben zu erreichen. Der Mensch wurde wiedergeboren, aber nicht als Tier oder Paria wie bei den Hindus, sondern noch einmal als Mensch, der eine andere Stufe der Vollendung erreichen wollte. Er wurde vom Inneren, nicht vom Äußeren geprägt. Man merkte seinem Gesicht und seiner Gebärdensprache an, daß er immer und überall von innen wirkte.
Im Klassenzimmer war es fast unheimlich still. Man hörte nur ab und zu Vogelstimmen. Die indische Lehrerin, die Sati hieß, hielt ihre Lider meistens gesenkt, sie brauchte ihre Augen nicht, um die Jugend in ihren Bann zu ziehen. Sie fing an, etwas von rechts nach links auf eine Tafel zu schreiben in einer orientalischen Sprache und Kalligraphie, die einem Kunstwerk glich. Ihre Zuhörer schrieben auf Notizblättern mit. Sie übten die Schriftzeichen wie Kinder, die gerade erst die Buchstaben eines Alphabets gelernt hatten. Arabisch oder Sanskrit? Anton verstand nicht alles, was die Lehrerin auf englisch sagte. Er war eingebrochen in die kleine Gemeinde, die sich durch Schweigen, Buchstaben und Sinnbilder verständigte.

Was denn der Unterschied zwischen Nichts und Nirwana sei, fragte ein junges Mädchen, fast noch ein Kind. Anton fiel auf, daß Sati fast nie eine Frage beantwortete, sondern von etwas ganz anderem sprach. Den ungeduldigen Dialog westlicher Philosophen kannte sie nicht. Sie drückte sich aus in Bildern und Gebärden. Das Nirwana sei ein erfülltes Nichts, es hatte wenig mit dem Nihilismus des Westens zu tun. Zunächst herrschte auch im Buddhismus Bilderverbot wie bei den Juden und Christen. Der Religionsstifter wurde in den ersten Jahrhunderten nach seinem Tod, sein Eingang ins Nirwana, nicht dargestellt. Später änderte sich das Gebot der Vergeistigung, des inneren Sehens. Der Ur-Buddhismus teilte sich in verschiedene Sekten auf. Der Lamaismus konnte nicht ohne Bilder und Skulpturen auskommen. Zunächst jedoch wurden nur steinerne, um Reliquien erbaute Stupas verehrt. Sati holte zum Abschluß der Stunde eine Buddhastatue aus einer Vitrine, ein Erzeugnis der Gandarakunst, in der sich hellenistische und buddhistische Elemente vereinigten. Durch den griechischen Einfluß verlor diese Kunst das Weiche, die Ruhe und das Lächeln der Asiaten. Gewonnen wurde eine gewisse Strenge und Aktivität, wie sie dem Westen eigentümlich sind. Sati ließ die Bronzestatue von Hand zu Hand gehen. Auch Anton durfte sie berühren. Er wunderte sich, daß eine so kleine Figur so viel Wärme, Ruhe und Glanz ausstrahlen konnte.

Am Spätnachmittag traf er Sati auf einem der Treppenwege zwischen den Häusern. Er wollte sich dafür bedanken, daß er an ihrer Unterrichtsstunde teilnehmen durfte. Sie lud ihn zum Tee in ihre Wohnung ein. Sie führte ihn in einen karg möblierten Raum mit indischen Teppichen und Miniaturen aus der muslimischen Moghulzeit, in dem Kerzen brannten. Ein Duft von Weihrauch lag in der Luft. Antons erster Eindruck war enttäuschend: falsche Exotik, ein ermüdendes Teeritual, bei dem er Satis schöne und gepflegte Hände ausführlich betrachten konnte. Sie hatte eine andere Frisur als

am Morgen und trug ein Kostüm im englischen Stil. Hingerissen war Anton von ihrem Gang und von den umschatteten Augen, mit denen sie die Nichtigkeit der Welt zu betrachten schien. Nur selten blickte sie Anton an. Sie versuchte, die beiderseitige Melancholie durch ein dünnes Lächeln aufzuhellen.
»Ich bin Student im ersten Semester. Die meisten Vorlesungen und Seminare habe ich nicht besucht. Ich fühle mich krank, die Welt der Gelehrten ist mir fremd. Ich wohne in der stehengebliebenen Stadt. Das ist keine Erleichterung, im Gegenteil. Ich hatte so viele Luftangriffe in den Großstädten kennengelernt und bin so oft an der Ostfront in Lebensgefahr gewesen, daß mir das heilgebliebene Städtchen zwischen den Waldhängen unnatürlich und irgendwie obszön vorkommt. Das ist nicht das richtige Wort, aber so heil und unberührt darf keine deutsche Stadt mehr sein, sie täuscht etwas vor, was es nicht mehr gibt.«
»Die heile Welt, wolltest du sagen«, unterbrach Sati ihn, »hat es niemals gegeben.« Anton nickte, er gab zu, weder Berufs- noch Familienpläne zu haben.
»Du stehst allein«, sagte Sati, »man sieht es dir an. Keine Eltern, keine Geschwister.«
Anton behauptete, gern allein zu sein, er habe viel an Gedanken nachzuholen. Bisher habe seine Kraft nur zu Dämmerzuständen und Träumen gereicht. Er fühle sich unfähig zu Meditationen, nicht reif und klar genug. Er sei noch besudelt vom Unrat, Blut und Kot des Kriegs.
»Es ist nicht nötig, heute eine blaue Blume als Ziel der Wanderungen durch die Welt zu suchen – das haben uns die Romantiker vorgemacht«, sagte Sati. »Aber ein Ziel, auf das man sich wie ein fliegender Pfeil zubewegt, müßte doch jeder haben.«
»Ich habe keins«, behauptete Anton.
»Das Ziel wird kommen, du brauchst es nicht ungeduldig zu suchen.«

»Da ist noch etwas«, sagte Anton, »ich habe es lange genug mit mir herumgetragen, ohne es jemandem zu sagen, bei dir würde es gut aufgehoben sein. Sag es, wenn es dich stört, mich noch länger anzuhören.« Sati lachte hell. Nur zu, keine Hemmungen, schien das Lachen zu sagen. Ich bin die ideale Zuhörerin.
»Ich heiße nicht Anton Winter.«
»Von Winter hattest du auch nichts gesagt.«
»Ich bin der uneheliche Sohn eines Mannes, von dem ich nur weiß, daß er der Geliebte meiner Mutter war. Ich habe es mit großer Verspätung vor kurzem durch einen alten Brief erfahren. Eigentlich hätte ich darüber froh sein sollen, denn ich habe mich nie mit meinem Vater verstanden. Aber der Gedanke quält mich sogar in den Nächten. Als ich von dem Unglück erfuhr, blieb ich kalt und gefühllos. Jetzt gibt es nur noch einen Winter, dachte ich, und das bin ich. Meiner Mutter begegnete ich in meinen Träumen in der Tracht einer Krankenschwester. Das Gesicht Herrn Winters konnte ich mir bald nicht mehr vorstellen. Vor einiger Zeit fand ich in einer Geheimschublade meines Schreibtischs einen Brief meiner Mutter. Anrede und Unterschrift fehlten. Sie hatte den Brief nicht abgeschickt. Das Papier, auf dem er geschrieben war, vergilbte schon an einigen Stellen. Ich las das Schreiben und erfuhr, daß Herr Winter nicht mein Vater ist. Meine Mutter hatte ihre große Liebe auf einer Reise nach Italien und in die Türkei gefunden und wieder verloren. Ihre Erinnerung an den mir Unbekannten war ich. Warum hat sie es mir nie gesagt? Mein Leben hat sich verändert seit dem Fund ihres Briefs. Ich werde mich auf die Suche nach meinem Vater machen, obwohl es unwahrscheinlich ist, daß ich ihn finde. Ich kenne weder Adresse noch seinen Namen. In meinen Träumen hat er viele Gesichter, ich bin sicher, daß er von meiner Existenz nichts weiß.« Anton fühlte sich freier, nachdem er die Geschichte seiner Abstammung Sati erzählt hatte. Ich bin ein Mensch ohne Namen, schloß er seinen Bericht ab, »ein

Niemand. Freunde, denen ich mich anvertrauen könnte, habe ich nicht.«

»Es muß schön sein«, sagte Anton zu Iris, Satis Tochter, mit der er den Waldweg zur Eisenbahnstation zurückging, »eine so wunderbare Mutter zu haben.«
»Schön«, wiederholte Iris, »aber wunderbar? Sei du erst einmal täglich mit ihr zusammen. Sie weiß alles besser. Manchmal hält man uns für Geschwister, weil Sati so jung aussieht. Sie kennt die Kunst der Verwandlung, sie hat an der fortdauernden Schöpfung teil.«
»Fortdauernd?« fragte Anton.
»Sie geht täglich weiter, steht niemals still. Kennt keine Zeit. Wir alle dienen ihr, wir bringen sie weiter. Ohne Menschen, die dabei helfen, gibt es keine Schöpfung.« Und dann sprach sie von sich. »Ich bin eine Eurasierin. Von meinem Vater, dem Botschafter in Ankara, habe ich nicht nur die rötlichen Haare, die ich mir schwarz färben lasse, geerbt. Ich habe eine Aufgabe. Ich vertrete meine Mutter, wenn sie nicht zu Hause in Ankara ist. Sie haßt Empfänge. Ich muß Menschen um mich haben, sonst bin ich nicht glücklich. So verschieden sind wir.«

Während einer langweiligen Vorlesung über Geopolitik hatte Anton die indischen Mythen gelesen und niedergeschrieben. Jetzt schlug er sein Kollegheft zu und überlegte, ob er einen Brief an Sati verfassen und abschicken sollte. Er konnte stundenlang an seinem Klapptisch sitzen, ohne daß ihm ein guter Einfall kam. Um ihn war nichts als Zugluft und Leere. Verlor er sein Ich, wurde er sich selber fremd? Die Erfindungen, die er im Traum zu machen glaubte, erwiesen sich als Täuschungen. Einen Zipfel der Wahrheit hielt er fest, um ihn über die Schwelle des Schlafs ins Bewußtsein hinüberzuziehen und auf diese Weise zu retten. In sein Logbuch schrieb er über sein Experiment, daß er auch durch Hunger kein anderer gewor-

den war. Alles ging ihm zu leicht von der Hand. Visionen sind es nicht, was wir erleben, hatte der Therapeut Langbein gesagt, Freuds Freund C. G. Jung, von dem er viel hielt, sprach von kleinen und großen Träumen.
Anton hatte nicht gesehen, wie der Schatten sich vom Stamm der Linde im Hof löste. Es war ein Mensch, ein Mann in einem Trainingsanzug, der den Lindenduft sogleich aus seinen Gedanken verschwinden ließ. Ein Einbrecher kaum, denn in diesem Haus gab es nichts zu stehlen. Eher einer, der sich nicht an den Curfew gehalten hatte und jetzt vor den »Kettenhunden« floh. Jemand, der kein Nachtquartier hatte, ein Stadtstreicher ohne Personalausweis, der sonst seine Nächte in Obdachlosenheimen verbrachte. Der Mann mit der Schirmmütze hob den Kopf. Er hatte Antons Gestalt im letzten erleuchteten Fenster der Altstadt erkannt. Er zuckte mit den Schultern, er ballte die Fäuste. Anton kannte ihn flüchtig. Er suchte Zuflucht, er kam von auswärts, hatte hier weder Freunde noch Unterkunft. Anton war sogleich bereit, ihn aufzunehmen, um nach all seinen Irrtümern ein gutes Werk zu tun.
Die Bäckerei war abgeschlossen. Anton warf seinen Hausschlüssel an einer Schnur hinunter. Der Fremde schloß die Haustür fast lautlos auf; offenbar hatte er Übung beim Eindringen in fremde Häuser der immer noch oder schon wieder Reichen, wie er später sagte. Auch ächzende Holztreppen verrieten ihn nicht. Er zog sich am Geländer hoch und berührte mit seinen Sportschuhen kaum die Stufen. Anton war bereit, den Zufallsgast zu empfangen. Der Mann war klein und untersetzt, er hatte O-Beine und schrägstehende Augen, dazu eine Schnüffelnase und einen genüßlichen Mund mit Wulstlippen. Das erste, was er nach einer nickenden Begrüßung machte: Er wusch sich im Wasserbecken hinter dem roten Plüschvorhang die Hände ausführlich, wie es sonst nur Ärzte tun. Er übergab Anton ohne Erklärung den Brief eines Genossen.

»Ich bitte Sie um ein Nachtquartier, bin hundemüde«, sagte der Mann, der sich als Ralf Fink vorstellte, »der Genosse, bei dem ich wohnen sollte, befindet sich auf einer Hamsterreise. Erst kommt das Fressen, dann die Moral. Wer hat das gesagt?«
»Bert Brecht.«
»Sie scheinen sich wenigstens auszukennen in unserer Literatur.«
»Nur ein wenig. Aber sagen Sie mir: Wie soll es jetzt weitergehen?«
»Nichts Neues. Alles bleibt beim alten.« Ralf Fink stopfte sich eine Pfeife und fing zu rauchen an. Ein männliches Tier, das sein Revier absichert, dachte Anton.
»Merken Sie sich eins, Herr Student. Der Mensch ist aus Materie gemacht. Seine Haupttriebe sind Hunger und Durst – dann kommt das Schlafen. Erst der dritte Trieb ist das Liebemachen. Man hält das Leben auch ohne solche Erleichterungen aus. Hunger ist der beste Koch – das Machtgefühl, wenn man sich stark genug fühlt, um sich mit Freunden von gestern zu prügeln. Ein anderer Trieb ist das Schießen. Es macht Spaß, es kribbelt. Es steigert die Potenz.«
»Und was soll jetzt aus uns werden?« fragte Anton, der nur halb zugehört hatte. »Wozu all diese unmenschlichen Schmerzen und Qualen?«
»Dasselbe wie vorher«, erklärte Ralf Fink, »es kommt nichts Neues.«
»Das kann ich nicht glauben«, sagte Anton.
»Du bist wohl ein Moralapostel oder ein Humanist.«
»Ich bin unpolitisch.« Die Versicherung klang so schwächlich, daß sie beide zum Lachen brachte.
»Wenn du wüßtest, wie oft ich das schon gehört habe«, sagte Fink, »am häufigsten im Bett, wenn ich aus einer Liebhaberin eine Überläuferin machen wollte. Merk dir: Von nun an ist alles, was du denkst, tust und redest, politisch, ob du es willst oder nicht.«
»Aber es gibt doch noch andere, geistigere Dinge.«

»Nein.« Fink schnitt ihm das Wort ab. Man könne das Gespräch auch am nächsten Morgen fortsetzen. Hauptsache, die Körpermaschine würde in Ordnung gehalten oder repariert werden.
Anton nahm die Decke vom Bett. Fink lag auf dem Laken, der Kopf auf dem Kissen.
»Du ärgerst dich, daß du mir Platz machen mußt«, sagte Fink, »als ob nicht jeder Mensch ein Anrecht auf eine Bettstatt hätte. Du bist asozial wie deine ganze Kaste. Man muß sich schon gewaltsam Eintritt in eure Behausungen schaffen. Die Tür geht nie von alleine auf.«
Er ist ungerecht, dachte Anton. Ich habe ihm den Hausschlüssel in den Hof hinuntergeworfen. Ralf Fink schlief ein. Anton hätte ihm gern die sozialistischen Stiefel von den Füßen gezogen, aber es gelang ihm nicht. Immer wieder entdeckte er im Traum oder wachend Stiefel, das schien sein Leitmotiv zu sein.
Fink wachte nach zehn Minuten auf. In letzter Zeit litt er an Schlafstörungen.
»Bevor ich zu dir gekommen bin, hatte ich mich in eurer Kirche versteckt. Dort war gerade ein Sühnekonzert für die besseren Damen und Herren zu Ende gegangen, Bachs Matthäuspassion. Als würde das wieder etwas gutmachen. Etwas anderes ist wichtiger: Alle Menschen sind gleich. Also darf auch ich in deinem Bettchen schlafen, dein Messer und Gäbelchen benutzen, Kuchen aus der Bäckerei essen. Ich habe die gleichen Rechte wie du.«
Anton schlich die Treppe hinunter. Er fand Salamiwurst, Knoblauchbrot, Pflaumen- und Apfelkuchen auf dem Blechbrett frisch gebacken, außerdem gab es noch kalten Kaffee und Bier. Er schleppte alles in einem Marktkorb hinauf. Nichts regte sich. Fink schlief so fest, daß man ihn auch durch Stoßen und Schütteln nicht wecken konnte. Wer weiß, wo er die letzten Nächte verbracht hat, dachte Anton. Er sieht aus wie ein Mann, der hart im Freien gearbeitet hat.

Wegen illegaler politischer Tätigkeiten konnte man heute keinen ins Gefängnis schicken. Vielleicht hatte er gehofft, nach dem verlorenen Krieg ganz Deutschland unter die Herrschaft des Kommunismus bringen zu können. Wenn Leute wie Ralf Fink sich zusammenschlossen, würde es kein Privateigentum mehr geben. Anton war dann kein Hausbesitzer mehr. Das machte ihm nichts aus, obgleich Gaston ihm geraten hatte: nur nicht verkaufen. Grundstücke und Immobilien werden die Geldentwertung, die jeden Tag kommen kann, überdauern. Wenn es so kam, daß alle nichts hatten, würde Ralf Fink mit seinen Ansichten über soziale Gerechtigkeit recht behalten. Grund und Boden mußten neu verteilt werden, Fink hatte gewiß schon Berechnungen gemacht, die für Arme und Reiche gleiche Lebensbedingungen schufen. Während der Mann aus dem Berliner Untergrund schnarchte, nahm sich Anton vor, ein Kommunist zu werden.

Iris hatte sich über die Rückfahrt keine Gedanken gemacht. Offenbar war sie daran gewöhnt, bei Besuchen zur Übernachtung aufgefordert zu werden. Hatte sie das von ihrer Mutter gelernt?
»Sati hat Freunde in aller Welt«, behauptete sie, »von ihrem Tisch fallen stets ein paar Brosamen für mich ab.« Ihr Haar fiel ungebürstet und ungekämmt auf die Schultern. Nur die Farbe der Haut, die dunklen Augen und das Zeichen der Brahmanen auf der Stirn, das sie ihr drittes Auge nannte, zeigten, daß sie eine Inderin sein wollte, obgleich sie die rötlichen Haare ihres Vaters geerbt hatte. Anton überlegte, ob er Satis Tochter, die jetzt kaum mehr Ähnlichkeit mit der Mutter hatte, bei Melisande oder einer Frauenrechtlerin, deren Namen sie nicht kannte, unterbringen sollte. Am einfachsten schien ihm sein Haus in der Eichenallee zu sein. Gaston würde sicher noch ein Bett in einem der oberen Zimmer für sie haben. Es wird alles gut werden, dachte er, angesteckt von ihrer Trägheit, die er orientalisch fand. Dann behauptete sie:

»Heute nacht habe ich geträumt, du seiest ein buddhistischer Mönch geworden.«
Fink sagte zu Iris, die er durch Anton kennengelernt hatte: »Ich bin gern in der stehengebliebenen Stadt. Hier gibt es jeden Abend Vorträge, Diskussionen, Neugründungen, über die man sich lustig machen kann. Ich vermisse die Berliner Genossen wirklich nicht.«
»Und ich habe es nicht eilig, in die Waldschule zu meiner Mutter zurückzukehren.«
Die beiden hatten sich trotz der verschiedenen Weltanschauung angefreundet. Ralf versuchte, Iris für Politik zu interessieren.
»Es wird sie bald wieder geben«, sagte Iris. »Die Besatzer werden ausziehen, wenn es ihnen hier zu langweilig geworden ist. Bis dahin seid glücklich in eurem Puppentheater: Konzerte in der Kirche, mittelalterliche Malerei im Museum, altes Gemäuer im Schloß, Forschung über Medikamente, die es schon seit Jahren in Amerika gibt. Euer Städtchen hat keine Bombe getroffen. Ein Leben ohne schmierige und schmutzige Politik wäre ganz nach eurem Geschmack. Von Wirtschaft habt ihr keinen Schimmer. Ihr ahnt nicht, was die Welt im Innersten zusammenhält. Bleibt treue Sklaven der Kapitalisten. Nichts hat sich geändert. Millionen haben vergeblich ins Gras gebissen.«
»Es gibt immer noch genug Kommunisten, die euch die Suppe versalzen werden«, meinte Ralf.
Dieser Fink ist ein guter Debattenredner, dachte Anton. Jetzt wittert er Morgenluft. An der Front war er nie. Hat den Krieg in Kellern des Untergrundes in Berlin überlebt. Ralf trug Lederzeug und einen Schutzhelm für seine Botenreisen mit dem Motorrad. Lange würde sein Benzin nicht mehr reichen, aber ein freundlicher Besatzungssoldat würde gewiß aushelfen.
Auf der Straße fuhr ein Jeep, aus dem »Curfew« gerufen wurde. Nachbarn zeigten sich an den erleuchtenden Fenstern.

Iris, die keine Schwierigkeiten haben wollte, beschloß, in Antons Altstadtzimmer zu schlafen. Gefragt, ob ihm das recht sei, hatte sie ihn nicht. Anton räkelte sich auf dem abgewetzten Ledersessel, er legte die Beine über die Lehne und den Kopf ans Rückenpolster, doch es gelang ihm nicht einzuschlafen. Er hatte Iris sein Bett abgetreten. Sie hüllte sich in einen orientalischen Schleier, den Anton aus Satis Wohnung wiederzuerkennen glaubte. Er fand sie wieder ihrer Mutter ähnlich, nur daß sie kleiner und zierlicher war. Ihre Brüste waren unauffällig, hoch angesetzt und jungfräulich, wie ihm schien. Auch ihre Arme und Beine entsprachen genau Satis Maßen. Harmonie – ein musikalischer Ausdruck, den Anton stets verabscheut hatte, aber hier traf er zu. Weil es warm und stickig im Zimmer war, hatte sich Iris im Schlaf von der Daunendecke befreit. Sie lag auf dem Rücken und schwieg. Sie schloß die Augen und atmete gleichmäßig, wie es nur Schlafende tun. Noch kein einziges Mal hatte sie sich umgedreht. Das Bett schien für sie gemacht zu sein, während es für Anton auf dem Ledersessel quälend zu werden begann. Er hatte Schmerzen nicht nur im Rücken und Nacken, auch in den Armen und Beinen.

Anton, der unter Berührungsfurcht litt, stand auf, umarmte Iris und drängte sich an sie. Er streichelte ihre Haut. Ihr Gesicht war bleich, ihrem Körper merkte man nichts von der Eurasierin an. Anton strich über ihr gefärbtes Haar.

»Woran denkst du?« wagte Iris zu fragen. »Du brauchst eine Leere im Kopf, das lernt man durch Übung. Wir in Asien lassen ein Reizwort, das außer einem selbst keiner kennt, im Kopf so lange kreisen, bis es nichts anderes mehr für uns gibt. Von allen Nöten und Sorgen ist nur das Reizwort übriggeblieben, der Mittelpunkt der Meditation. Durch das ständige Kreisen gewinnt das Reizwort Farbe und Form, es bewegt sich wie ein Rad. Manchmal sieht es wie eine Rose aus, die sich langsam entfaltet. Man bekommt Kraft, wenn man die Übung regelmäßig wiederholt. Eins ist erlaubt bei der Rosen-

meditation. Während man kreist, darf man fragen: Wo ist der Tod? Wir können uns selbst zerstören und ihm als leichte Beute anheimfallen. Ich kenne Asiaten, die sind ohne Schmerz und Qual gestorben. Sie wollen nicht so lange leben wie wir. Der Tod ist nicht ihr Feind, er vollendet nur einen Kreis, in dem wir uns ein Leben lang bewegt haben.«
»Nicht alle Träume«, behauptete Iris, »entlarven den Feigling, den Verbrecher, den Paranoiker in uns, es gibt ebenso welche, die aufräumen im Haushalt der Seele. Gesunde Menschen sind Morgenträumer wie Liebende, sie wachen erfrischt und befreit auf, ich verhelfe ihnen dazu, besonders, wenn sie Anton Winter heißen.« Auf einmal drehte sich Iris, die eben noch glücklich zu sein schien, zur Wand und rief mit tränenerstickter Stimme: »Du hast die ganze Zeit über an meine Mutter gedacht. Meinst du, ich hätte das nicht gemerkt? Du hast mir mehr weh- als wohlgetan. Das hat mir nichts ausgemacht. Aber plötzlich habe ich deine Sati gesehen, die wie ein Schatten zwischen uns lag und uns trennte, genau in dem Augenblick, als du mir den Schmerz zugefügt hast, den jede Frau ertragen muß, will sie erwachsen werden. Ich sah etwas blitzen in ihrer Hand, vielleicht einen scharf geschliffenen Diamanten, vielleicht ein Messer. Sati ist eine Göttin, sie kann grausam sein, sie hat selbst viel leiden müssen. Deine Sati stammt von der Urmutter ab. Vielleicht wünscht sie mich in ihren Schoß zurück, du sollst ihr dazu verhelfen. Ihr beide habt euch gegen mich verbündet.«
Wegen der Dunkelheit im Zimmer konnte Anton Iris' Gesicht nicht sehen; er stellte es sich zerrissen von Zorn, Scham und Eifersucht vor. Ihr Körper, den er immer noch streichelte, um sie zu beruhigen, war derselbe geblieben, er verkrampfte sich nicht. Er blieb nachgiebig und schien abzuwarten, was weiter geschehen würde. Er glich einem sanftmütigen Pferd, das einen rasenden Reiter über sich fühlt.
Iris zerfiel in zwei Teile. Anton mußte an die Legende von den vertauschten Köpfen denken. Zugleich fiel ihm das Wort

»Eurasierin« ein. Nicht Iris wurde in dieser Nacht erwachsen, sondern er. Er stand auf, er zündete eine Kerze an, um noch einmal ihren vollkommenen Sati-Körper zu bewundern. Dann blies er das Licht aus und legte sich, so gut es ging, wieder auf den Ledersessel. Diesmal fand er eine bessere Haltung heraus. Nach ein paar Minuten weinte Iris noch immer. Anton war eingeschlafen.

Anton wunderte sich nicht, daß er, als er morgens später als sonst erwachte, sein Bett leer fand. Iris war gegangen, ohne ihm ein Versöhnungswort zu hinterlassen. Vergeblich suchte er nach einer Spur. Anton ahnte, er würde Iris nie wiedersehen. Die Art, wie er sie mit ihrem Schmerz allein gelassen hatte, hätten sogar junge Männer wie Jupp und Hajo brutal gefunden. Er beschloß, das andere Geschlecht zu meiden. Ihm war eine andere Aufgabe zugedacht. Er mußte seinen Vater suchen. Er schrieb einen kurzen Brief an Sati. In Zukunft würde er täglich einige Worte für sie niederschreiben. Aus seinem Kalender, den er haßte, wurde eine Sammlung von Kurztexten. Erste Eintragung: Ich habe eine nicht wiedergutzumachende Schuld auf mich geladen. Ich habe Iris verletzt. Ich wollte es nicht, aber es ist geschehen.

Seit einiger Zeit besuchte Anton wieder Vorlesungen, Seminare und das Studium generale, das ihm besonders gefiel, weil er sich immer noch nicht für ein bestimmtes Fach entschieden hatte. Er fiel auf, weil er sich keine Notizen machte. Er setzte sich jedesmal an einen Platz ganz außen, damit er die Vorlesung verlassen konnte, ohne zu stören. Einigen Professoren, die ihre Lider gesenkt hatten, sah er an, daß sie aus ihren Büchern vorlasen. Andere ließen ihr Auditorium nicht aus den Augen, sie hatten eine tiefe Stimme, wiederholten immer die gleichen Handbewegungen und strömten ihr Charisma aus. Das alles ist nichts für mich, dachte Anton. Ich habe es noch immer nicht gelernt zuzuhören. Seine Gedanken schweiften ab. Er studierte die Gesichter und Haltungen mit der gleichen Sorgfalt wie die Stuckdecken in den alten Vorlesungssälen. An der Wand eines Seminarraums entdeckte er einen Nässeflecken, der dem amerikanischen Kontinent glich. Er bevorzugte Geschichte und Geographie, um sich in der ihm abhandengekommenen Welt wieder zurechtzufinden. Er dachte an Esra. Außer dem untreu gewordenen Allwissenden war es der einzige, dem er zuhören konnte. Ein Sprachstudium lag ihm nicht, sein Gedächtnis war zu schwach, um Vokabeln zu behalten. Die Freiheit an der Universität war begrenzt, auch hier bekam man Aufgaben und mußte Referate halten. Anton neigte zu Abschweifungen, die den Hochschullehrern nicht gefielen. Er weigerte sich, methodisch denken zu lernen, ihm war die Logik der Wissenschaft fremd. Seine Bildersprache, die sich in die Referate einschlich, wollte niemand übernehmen.

Ein Brief von Esra erreichte ihn auf Umwegen. »Aus Zeitmangel habe ich so lange nichts von mir hören lassen, würden die Studenten sagen. Sie wissen nicht, daß es für Meditierende keine Zeit mehr gibt. Wir überschätzen sie ohnedies. Sie ist nicht durch Kalender und Uhren gefangen zu halten und wie ein Haustier zu zähmen. Sie macht aus uns, was sie will: Träumende, Schlafende, solche, die etwas leisten können und wollen, Träge und Schwache. Nicht einmal der Allwissende könnte dir sagen, was er mit ›gutem Scheitern‹ meint.«

Esras Brief war liegengeblieben, weil er inzwischen eine Reise nach Peru machen mußte. Tröstlich zu wissen, daß diese kunstvoll gemauerten Tempel, die quadratischen Fundamente und die Relief-Figuren unser technisches Zeitalter überleben werden, fand er. Selbst wenn man Ornamente, Inschriften und Figuren in den Museen versteckt, um sie vor Erosion zu schützen, die Stufen der heiligen Stätten werden bleiben, solange die Erde unsere Sonne, nach deren Stand hier gebaut wurde, umkreist. Frühgeschichte, Vorgeschichte – ihre Zeugnisse werden bleiben. Man weiß immer noch

nicht, aus welchem Steinbruch der Anden die weißgrauen Steine gekommen sind und mit welchen Werkzeugen sie bearbeitet wurden. Die Zukunft wird nach einer Reihe mörderischer Kriege ähnlich wie diese Vorgeschichte sein.
Ich muß lernen, mit der Einsamkeit umzugehen, schrieb Anton. Das scheint mir das Wichtigste zu sein. Ich bin noch lange nicht so weit. Es gibt immer noch Tage und Nächte, in denen ich mir wünsche, nicht da zu sein. Mein Hausverwalter hat mir gesagt, daß ein Sprung ins Leere nicht die beste Art des Selbstmords sei. Quälend langsam taumelt man durch die Luft und bewegt sich dabei. In einer halben Minute kann man sein ganzes Leben im Zeitrafferstil noch einmal durchmachen.
Wieder hörte Anton zu schreiben auf: Was für ein schlechter Briefanfang für Esra, der so viel mehr über Leben und Tod wußte als er. Auch Esra war ohne Familie. Vielleicht war es ihm deshalb möglich gewesen, so viel zu forschen und zu erleben. Wer allein ist, kennt sich besser als die Angepaßten, nach den Regeln der Gesellschaft Lebenden. Auch dies war kein guter Entwurf. Anton würde ihn vernichten.
Auf den dritten Versuch kam es an: Winter ist nicht mein richtiger Name, das ist dir bekannt. Ich weiß nicht, wie ich wirklich heiße. Ich kenne meinen Vater nicht. Vielleicht ist das nicht so schlimm, wie man denkt. In Siena habe ich im Kloster San Domenico ein Bodenrelief gefunden, auf dem Adam Kadmon als erster Mensch dargestellt ist. Sein Sündenfall hat nichts mit Eva und der Schlange zu tun. Er blickt in einen Spiegel und erkennt sich zum ersten Mal. Als Ebenbild Gottes, der ihn geschaffen hat, fühlt er sich frei. Er fällt von Gott ab, hört auf, dessen Geschöpf zu sein. Er ist zweigeschlechtlich, ein Hermaphrodit. Auch er wurde aus dem Paradies vertrieben. Aber im Augenblick, als er sich selbst erkannte, war er allein. Ich weiß nicht, warum ich so ausführlich über diese Legende schreibe, die du gewiß besser als ich kennst und deuten kannst.

Es war spät geworden. Anton hatte nur noch wenige Stunden zu schlafen. Er nahm sich vor, den Brief zwischen zwei Vorlesungen zu beenden und zur Post zu bringen. Er war nur ein Stück vom Getreidemarkt bis zum Heiligen Geist gegangen, als er starke Halsschmerzen spürte. Er nahm eine Tablette, die er eben erst aus der Apotheke geholt hatte. Dazu eine Handvoll Wasser aus dem alten Brunnen mit der barocken Muttergottes, die allen Leidenden dieser Welt helfen sollte. Der Schmerz wurde stärker, er machte die Kehle rauh, er stach zu. Der Hals wurde immer enger. Anton bekam Angst zu ersticken, er konnte nur noch hechelnde Atemzüge machen. »Luft«, rief er. Einige Passanten blieben stehen und drehten sich nach ihm um. Eine Krankenschwester ging am Brunnen vorbei und sagte streng, ob er nicht wisse, daß das Trinken vom Brunnen verboten sei. So könne er sich vergiften.
»Vergiften?« wiederholte Anton, »das ist es nicht. Ich ersticke.« Er faßte nach seinem Hals: »Alles zugeschwollen, ich kann kaum mehr sprechen. Helfen Sie mir!«
Nicht einmal nach seiner Schußverletzung im Krieg hatte er so gemeine, spitze und schneidende Schmerzen gehabt. Das waren Asmodis Krallen. Der geflügelte Dämon wollte ihn töten.
»Angina!« Die Krankenschwester stellte im ärztlich kühlen Ton ihre Diagnose. »Da hilft nur das Krankenhaus. Der Luftröhrenschnitt.«
Sie hielt einen Jeep mit Besatzungssoldaten an. Sie setzten Anton, der nur noch krächzende Laute ausstieß, in den Wagen und fuhren zur Universitätsklinik hinter dem Bahnhofsgebäude: »Ein Notfall.«
Anton bekam ein Bett in der Kammer der Infektionskranken. Der Chef selbst, ein alter und milder Mann mit einem faltigen Gesicht und klaren, nach innen gerichteten Augen griff ein. Asmodis Krallen verwandelten sich in eine ruhige, trockene Hand. Von dem rettenden Stich oder Schnitt merkte

Anton nichts. Nach einer Spritze hatte er das Bewußtsein verloren. Als man ihn nach dem Eingriff wieder in sein Zimmer schob, hörte er, wie zwei Studenten, die hier ihr Praktikum machten, sich über seinen Fall unterhielten.
»Schon wieder Angina«, sagte der eine.
»In dieser Woche der sechste Fall.«
»Der Chef hält das für seelisch, vielmehr somatisch.«
»Ein körperliches Symptom für eine Krankheit ohne Befund, über die er Herr werden will.«
»Ich halte das für übertrieben. Aber er vollbringt Wunder. Spricht auf den Patienten ein, der ihn kaum mehr hören kann. Läßt ihn wieder aufleben. Macht ihn in einigen Tagen gesund. Gibt ihm Luft und Licht. Lindert die Schmerzen.«
»Nicht er«, behauptete der zweite Student, »sondern die Antibiotika, die aus Amerika kommen. Wir sollten dankbar für das Geschenk nach Kriegsende sein. Es hat schon Tausende vor dem sicheren Tod gerettet.«
»Der Chef meint, die TBC-Kranken brauchten nicht mehr nach Davos. Er könne sie hier vollkommen heilen.«
»Er ist Psychiater, hat aber zu allen Abteilungen Zugang. Er spricht mit den Kranken. Macht Kurzanalysen. Schon gehen die körperlichen Symptome zurück.«
»Wir alle könnten ihn brauchen. Aber man merkt erst, wie krank man ist, wenn der Körper sich meldet und die Seele um Hilfe ruft.«

Melisande holte Anton aus der Klinik ab. Sie sah wie eine Märchenfigur aus, ein Mädchen mit aufgetürmtem Haar, das Jahre lang in einem verschlossenen Turm leben mußte und erst als ältere Frau ihre Umwelt zu Gesicht bekam. Anton fragte, ob man sich nicht in einer so langen Zeit zu sehr an den Analytiker binde. Das komme allerdings häufig vor, gab sie zu. Gleich darauf kam sie auf Anton zu sprechen. Wie es ihm gehe? Ob er immer noch Todeswünsche habe. Anton blieb die Antwort schuldig. Er fragte sich, woher Melisande über seinen Seelenzustand unterrichtet sei.

»Sie sind nicht gern in dieser Stadt«, sagte sie, »obgleich Sie früher hier zu Hause waren.« Melisande beugte sich vor und versuchte, ihm ins Gesicht zu blicken.

»Die stehengebliebene Stadt«, erklärte Anton, »hat keinen einzigen Luftangriff bestehen müssen. Hier hat man außerhalb der Zeit gelebt, wenn man nicht gerade ein großer Gelehrter war.«

»Sie haben recht. Darauf wäre ich nie gekommen. Den Krieg haben wir hier wie im Halbschlaf verbracht und uns auf die Erfüllung unserer Hoffnungen verlassen. Sie dagegen gehören zu den Stalingrad-Jahrgängen, wenn ich nicht irre.«

»Über den Krieg möchte ich nicht gern sprechen«, sagte Anton, »aber über den Nachkrieg, der ja auch eine Normalzeit ist. Neulich habe ich geträumt, unsere kleine Heimatstadt unter einer Glasglocke zu sehen. Es schneite – ein idyllisches Winterbild.«

»Was ist aus dem Winterschen Haus geworden? Beschlagnahmt im amerikanischen Villenviertel, nehme ich an«, wollte Melisande wissen.

»Es hat die ganze Zeit über leergestanden«, sagte Anton. »Die Amerikaner haben einen Hausverwalter eingesetzt. Ich werde das Haus nie beziehen. Ich wohne weiterhin in der Altstadtbäckerei, aber nicht mehr lange, denn ich werde verreisen.«

»Mit einem Ziel?«

»So kann man es nennen. Ich suche noch immer meinen Vater. Wo weiß ich nicht. Wahrscheinlich irgendwo im Süden. Ich muß ihn finden. Ohne ihn bin ich nichts.«

»Ich habe gehört, daß Sie das Haus an Professor Rosenbaum vermietet haben.«

»Wir sind befreundet, er und ich. Wir interessieren uns für dieselben Fächer, für die es bis jetzt hier noch keine Lehrstühle gibt.«

»Er hat Ihnen ein Stipendium in Stanford besorgt. Ist das wahr?« Anton nickte.
»Was stört Sie denn am meisten hier?« fragte Melisande.
»Die Enge«, gestand Anton, »die gepflegten Waldwege, der kanalisierte Fluß, das Kirchengeläut – einfach alles.« Er merkte, daß er zu weit gegangen war. Melisande bekam wieder einen ihrer Migräneanfälle. Sie verabschiedete sich und zog sich zurück.

II

Der Bodensee. Kühle, Stille, glatter Wasserspiegel, den man durch die Bäume des Ufers schimmern sieht. Endstation für den Zug eines sauberen, an allen Schwierigkeiten und Schuldgefühlen unbeteiligten Landes – die Schweiz. Das Land hinter der Grenze schien bunt wie ein Bilderbuch zu sein. Es bestand aus Wiesen von saftigem Grün, weißgetünchten Kirchen mit kleinen Kuppeln, Dörfern mit Blumen auf jeder Terrasse.

Anton hatte Hunger. Er packte seinen Rucksack aus und aß alles, was Gaston ihm mitgegeben hatte. Er beschloß, bis zu einem der Grenzübergänge zu gehen, um die Kontrollen zu prüfen. Einem Zöllner, der seinen Dienst gerade beendet hatte und auf ein blitzsauberes Fahrrad steigen wollte, zeigte er seinen Personalausweis: der verwies ihn in die Grenzbaracke.

Ein schwarzes, glänzendes Auto fuhr bis zur geschlossenen Schranke, die sich von selbst zu öffnen schien. Der Herr, der im Fond saß, wurde von den Grenzern »Herr Professor« genannt. Er schien eine bekannte Persönlichkeit zu sein, jemand, der fast täglich zwischen dem giftgrünen Paradies und der grauen deutschen Stadt hin- und herfuhr. Er unterhielt sich mit einem der Zöllner über eine Kiste mit Frachtgut, die offenbar in einer Güterhalle des Bahnhofs liegengeblieben war.

Der Herr des Grenzgebiets hatte Anton entdeckt, der unter einer der Lampen stand und mit seinem Personalausweis einem Unbekannten zuwinkte. Irgend etwas an seinem Gesichtsausdruck oder seinen Bewegungen fiel dem Herrn, der sich wie ein Vorgesetzter der Grenzbeamten benahm, auf. Offenbar hatte er die Nachforschungen nach der verlorenen Kiste vergessen. Er trat auf Anton zu und fragte ihn, was er wollte und warum er sich an der Grenze aufhielt. Wartete er auf jemand? Er wirkte eher wie ein Suchender. Der Herr kam ihm außerhalb des Autos weniger auffällig vor. Er war klein, hatte einen Schnurrbart, der komisch geschnitten war, stützte sich auf einen Schirmstock, weil das Gehen ihm schwerfiel.

Er trug einen schwarzen Mantel und einen dazu passenden Hut. Er sah aus, als komme er von einer Beerdigung. Er warte auf etwas hinter der Grenze, sagte Anton. Der Professor, offenbar ein Arzt, hatte sich schon ein Bild von ihm gemacht, er schien in Anton einen Patienten zu sehen.

»Das ist mein Neffe«, sagte er zu einem der ihm wohlgeneigten Beamten, »hier ist sein Personalausweis. Ich kenne Ihre Vorschriften, aber ich bürge für ihn. Er macht nur einen Besuch.«

Aus irgendeinem Grund wußte Anton gleich, daß das »Bella Vista« ein Sanatorium für seelisch kranke Patienten war. Er folgte der Aufforderung des Professors und setzte sich in den Fond. In wenigen Worten schilderte er die Universitätsstadt, aus der er kam. »Sie ist stehengeblieben«, sagte er, »ich meine, heilgeblieben im Krieg.«

»Warum haben Sie die Stadt, die jedermann in der Welt kennt und liebt, verlassen?«

Anton schwieg.

»Wie heißen Sie eigentlich?« fragte der Herr im schwarzen Paletot, der ihn ansah, »einen Namen werden Sie doch haben.« Anton wich den scharfen und schmerzhaften Blicken des Fragenden aus.

Er stellte sich vor: »Anton Winter.«

»Winter«, wiederholte der Sanatoriumsbesitzer.

»Eigentlich heiße ich gar nicht Winter. Der Mann meiner Mutter ist nämlich gar nicht mein Vater, wie ich spät genug herausbekommen habe.«

»Und nun sind Sie auf der Suche nach ihrem Vater?« fragte der Herr, der von einer Beerdigung zu kommen schien. »Halten Sie das für sinnvoll?« Diese Frage kränkte Anton so sehr, daß er fast gebeten hätte, aussteigen zu dürfen.

Der Wagen hielt vor einer geschlossenen Bahnschranke an. Eine der kleinen weißen Kirchen läutete. Auch die Schranke gab ein musikalisches Signal von sich, als sie niederging, um einen Schnellzug durchzulassen.

»Überlegen Sie, was Sie tun. Sie sind hier in einem fremden Land mit strengen Grenzvorschriften, die so genau eingehalten werden, als könne jeder, der von drüben kommt, eine tödliche Seuche mitbringen. Sie können bei mir schlafen. Ich lade Sie ein. In meinem Haus gibt es zahlreiche leere Betten. Die Patienten bleiben aus, obgleich der Krieg zuende ist.«
Offenheit gegen Offenheit. Anton beruhigte sich wieder. Vielleicht hatte der Professor seine Äußerungen nicht spöttisch gemeint. Der Chauffeur bog in die Allee eines Parks mit süßlichen Frühlingsdüften ein. Vor dem Haupthaus im Jugendstil mit einer Freitreppe und einer mit Metallornamenten geschmückten Haustür kam der Wagen zum Stehen. Der Professor wiederholte seine Einladung zur Übernachtung. Im holzgetäfelten Eßzimmer hatte ein dienstbarer Geist ein kaltes Abendessen für den Hausherrn aufgebaut. Der Professor klingelte; ein Mädchen mit Schürze und Häubchen erschien im Rahmen der Tür.
»Ein zweites Gedeck«, rief der Sanatoriumsleiter ihr zu. Anton brachte es trotz seiner Verwirrung fertig, ein paar Bissen hinunterzuwürgen. Der Hausherr sah ihn dabei an, er betrachtete seinen zuckenden Adamsapfel.
»Nehmen Sie ruhig noch einmal«, sagte er, »bei euch hungert man doch.« Er schenkte ihm ein Glas Rotwein aus einer Karaffe ein.
»Ich habe eine Hungerkur hinter mir, die ich mir selbst verordnet habe.« Schon wieder fühlte Anton sich gezwungen, die Wahrheit zu sagen. »Ich wollte kein Überlebender sein. Aber ich habe nicht durchgehalten.«
»Also sind Sie nicht über Krieg und Terror hinweggekommen. Haben Sie etwa Stalingrad miterlebt?«
Anton nickte. Er war nicht fähig, dem Fragenden ins Gesicht zu blicken. Der Mann hat Charisma, dachte Anton. Vielleicht liegt es an seiner musikalischen Stimme. Er soll mich nicht einfangen. Ich will keine Gratiskur.
»Übrigens habe ich vergessen zu sagen, daß meine Eltern, ich

meine Winter und meine Mutter, bei einem Luftangriff auf Berlin umgekommen sind. Ich bin alleinstehend und versuche zu studieren.« Der Hausherr hob die Tafel auf. Er hatte sich übrigens nicht vorgestellt. Vor der Haustür hing ein Messingschild mit dem Namen Amsel.
»Jetzt komme ich noch und störe Sie«, sagte Anton.
»Sind Sie nicht müde? Wollen Sie nicht zur Beruhigung allein sein und einen Parkspaziergang machen?«
»Nicht ohne Sie«, sagte der Professor, »Sie sind ein interessanter Fall. Waren Sie schon einmal in Behandlung?«
Anton war bei dem Wort Fall zusammengezuckt. Wahrscheinlich hatte der Sanatoriumschef schon bei ihrer Begegnung am Grenzübergang mit geübtem Blick gesehen, daß etwas mit Anton nicht in Ordnung war. Es fehlte nur noch, daß er sich, während das Feuer im Kamin knisterte, nach seinen Träumen erkundigte. Das geschah nicht. Er fragte, ob Anton schon ein bestimmtes Studienfach gewählt hatte. Er ließ durchblicken, daß er geistige Arbeit für die beste Therapie halte.
»Für das, was ich im Sinn habe – vergleichende Religionswissenschaft – gibt es bei uns keinen Lehrstuhl.« Seine Vorliebe für die Völkerwanderungszeit verschwieg er. Statt dessen sagte er wider Willen leichthin, er habe jemanden umgebracht.
»Sie wären nicht der erste Mörder in diesem Haus«, erwiderte Amsel im gleichen Ton, »aber ich glaube Ihnen nicht. Bei Ihnen könnte es sich höchstens um ein Kriegsereignis handeln.«
Anton wechselte das Thema. Er konnte Amsel weder vom toten Mongolen noch vom Teufelsgesandten Asmodi, der ihn zum Voyeur zu machen versuchte, erzählen.
»Sie sind auf der Suche nach Ihrem Vater«, sagte Amsel, »das haben Sie vorhin erklärt. Wissen Sie den Weg?«
Anton schüttelte den Kopf. Er lasse sich treiben, gestand er.
»Sie sollten noch morgen bleiben«, sagte Amsel »und sich in

unserem halb englisch, halb französisch angelegten Park verirren. Sie haben ein Wunderknäuel in der Hand, dessen verwirrte Fäden Ihnen den Weg zeigen.«

Der Besuch der psychologischen Tagung im Zürcher Hotel Antäus, an der Sati teilnahm, sollte eine Überraschung sein. Im nächsten Jahr würde das graue, veraltete Haus abgerissen werden. Das wußte Anton von Iris, einer Verräterin, wenn es um die Aufenthaltsorte ihrer Mutter ging.
»Du bist es nur.« Sie lachte kehlig. »Du bist mir nicht etwa nachgereist.«
»Du weißt ja, wen ich suche.«
»Offenbar nicht mich.« Sati spielte die Gekränkte, doch gleich darauf besann sie sich wieder und sagte, solch eine langweilige Tagung wie die des Antäus-Kreises habe sie noch nie mitgemacht.
»Ich bin nicht beliebt hier. Ich beschäftige mich zu sehr mit mir selber. Man kritisiert mich als Narzißtin, die überall nur ihr Spiegelbild sucht.«
»Du brauchst nichts für andere zu tun«, behauptete Anton, »du strahlst so viel Licht, Wärme und Liebe aus.«
»Kennst du die Geschichte vom verschleierten Bild von Sais«, fragte Anton, als sie durch eine der schattenspendenden Alleen gingen.
»Nein«, sagte sie, »ich würde sie gern hören.«
»Hyazinth lebte zusammen mit Rosenblüt. Sie kannten sich schon als Kinder und fanden das Paradiesgärtlein, in dem sie lebten, gut und schön. Sie glaubten glücklich zu sein. Aber Hyazinth zeigte, als er erwachsen war, Zeichen von Unruhe. Er ging auf und ab, in Gedanken versunken. Rosenblüt bewegte sich kaum von der Stelle. Hyazinth kam ihr vor wie ein im Käfig gefangenes Tier, das unermüdlich hinter dem Gitter hin- und hergeht und mit den Augen funkelt. Auf einem Spaziergang im Wald traf er einen alten Mann, der nicht sagte, wie er hieß und wo er herkam. Er überredete Hyazinth, mit

ihm in die Welt zu gehen und die Sitten anderer Völker zu lernen. Hyazinth verließ Rosenblüt.«
»Er ließ sie im Stich, wolltest du sagen.«
»Nach Jahren kam er nach Ägypten, wo man hinter einem Schleier das Bild der Wahrheit finden sollte.«
»Und? Kam da der Betrug heraus?«
»Er wagte es, den Schleier hochzuheben. Was fand er da – ein schönes Bild, ein Kunstwerk? Hinter dem Schleier der Wahrheit thronte Rosenblüt. Sie umarmten sich und trennten sich nicht mehr.«
»Und die Moral von der Geschicht?« fragte Sati spöttisch.
»Du verläßt die Geliebte, aber du kommst zu ihr zurück, nachdem du die Wunder dieser Welt kennengelernt hast. Von jetzt an war Hyazinth ruhig, als habe er sein Lebensziel erreicht. Er brauchte Rosenblüt seine Geheimnisse nicht zu offenbaren. Sie wußte ohnedies Bescheid.«
»Wo ist die Symbolik«, wollte Sati wissen. »Bei uns ist es eher umgekehrt. Ich habe meine Welterfahrungen bereits hinter mir, du bist Rosenblüt. Du spielst die Rolle der Vollendeten. Hyazinth ist auf der Suche. Ich wäre gern Rosenblüt, nicht wegen der Jugend. Ich lebe unter dem Schleier, obgleich ich nicht weiß, was Wahrheit ist. Ich glaube nur, daß man sich ihr annähern kann durch Meditation. Neulich habe ich geträumt, ich wäre die Göttin unter dem Schleier. Ziemlich anspruchsvoll, findest du nicht?«
»Du hast mir einmal gesagt, du träumst fast nie. Träume seien eine Schwäche von Menschen, die nicht mit sich ins Reine kommen.« Als es dämmerte, fragte Sati, was sie anderen Frauen voraus habe.
»Du bist stark«, sagte Anton, »du hast zu dir selbst gefunden. Du bist frei genug zu tun, was du möchtest. Ich verstehe nicht, aus welchem Grund du zu solchen Antäus-Tagungen oder in die Waldschule gehst. Du bist nicht bereit, die Prophetin zu spielen. Warum kehrst du nicht nach Indien zurück?«

»Genug der Tagungen«, sagte sie. »Morgen früh, wenn die meisten noch schlafen, werden wir wegfahren.«
Anton, der das Gepäck geholt und verstaut hatte, bewunderte, als sie starteten, Satis Fahrkünste. Er schwieg. Sie kamen durch Vorstädte, durch lichte Wälder. Sie fuhren auf eine gewaltige Gebirgskulisse zu. Als sie sich dem Paß zwischen zwei Schluchten näherten, wurde Anton unruhig.
»Mußt du so schnell fahren?« fragte er. »Du kommst mir vollkommen verändert vor, nicht angespannt, sondern in dich selbst versunken.« Es war noch nicht hell.
»Es gefällt dir nicht, daß ich am Steuer bin«, sagte Sati. »Du weißt doch, daß ich verschiedene Rollen spiele. Sonst könnte ich diese von Asphaltstraßen und Betonbrücken durchschnittene Bergwelt nicht ertragen.« Ein Lastwagen, mit Baumstämmen beladen, kam ihnen entgegen. Sati wich erst im letzten Augenblick aus.
»Ich fahre die Strecke oft. Ich habe die Wagen, die mir entgegenkamen, nie gezählt«, sagte Sati, »mich nie gefragt, was die Transporter geladen hatten: Maschinenteile, vielleicht sogar Waffen. Gleich sind wir an der Grenze. Im Süden ahnst du schon Italien, das heute nicht klar, sondern dunstig ist.« Erst jetzt gestand Anton ihr, daß er keine gültigen Reisepapiere habe.
»Wir werden das schon machen«, sagte sie.
»Märchenglück«, sagte Sati, als sie ausstieg und mit einem der Schalterbeamten italienisch zu sprechen begann. Sie war hier bekannt, sie gab Anton als ihren kranken Neffen aus, der zu einer Klinik in Florenz unterwegs war und keine Möglichkeit mehr hatte, sich bei den Amerikanern der Besatzungsmacht die nötigen Reisepapiere zu besorgen. Das Gespräch an der Grenze dauerte nur wenige Minuten. Für Anton, der das stundenlange Warten der Kriegsfahrzeuge in brütender Sonne oder in Sturm und Regen kannte, war die Sorglosigkeit, mit der Sati den Zöllnern gegenüber auftrat, eine neue Erfahrung.

»Wo geht die Reise hin?« fragte er mit schlechtem Gewissen.
»Auf jeden Fall nach Süden«, sagte sie. »Vielleicht in die Toscana. Nicht neugierig sein.« Satis Auto war grün, ein Zweisitzer. Anton klammerte sich fest. Sati trug ein Seidenkopftuch. Bei einem Windstoß löste es sich von ihren Haaren und verschleierte ihr Gesicht.
»Einen Augenblick war ich blind«, sagte sie. »Behalte das Kopftuch. Bei dir ist es gut aufgehoben.«
Anton litt unter Atemnot. Sati mit ihrer Sonnenbrille war ihm fremd.
»Ich spiele jetzt eine andere Rolle«, sagte sie lachend, »das gefällt dir nicht. Aber gleich ist es vorbei.«
Anton genoß nicht die Freiheit der schnellen Fortbewegung. Was wir jetzt erleben, ist nicht neu, dachte er: Eine alternde, ehemals schöne Frau, indisch, exotisch, entführt ihren Liebhaber über die Grenze in ein Land, das sie bis zum Überdruß kennt. Er dagegen hat die vor vielen Jahrhunderten besiedelte und kultivierte Landschaft noch nie gesehen. Sati würde die Einführung und Führung übernehmen müssen.
»Wenn es nur nicht diese Grenzen gäbe«, sagte Anton.
»Keine Angst«, erklärte sie, »es wird mir schon gelingen, einen Jungen, der nicht Winter heißt, in die Toscana mitzunehmen.«
»Heißt diese Villa in der Toscana vielleicht Primavera? fragte Anton, »so etwas habe ich während der Tagung gehört.«
Sati fuhr jetzt langsamer. Die Kinder winkten Anton und Sati von den Jahrmarktschaukeln zu und lachten. Der Lärm hing wie eine Wolke über ihnen.
»Hier kann man allein, aber nicht einsam sein.« Sati nickte. Sie hatte ihr Kopftuch nicht wieder umgebunden. Satis Sportwagen wurde von Kindern umlagert. Anton und Sati setzten sich an einen Trattoriatisch und bestellten Wasser und Wein.
»An das fröhliche und heitere Leben der Dorfbewohner hier habe ich nie geglaubt. Ich könnte hier bleiben und mich irgendwo einquartieren.« Anton spürte den Wechsel der Atmo-

sphäre körperlich. Etwas Festes und Starres, das ihn schon lange bedroht und belästigt hatte, zerbrach in zahllose Splitter.
»Geht es dir besser hier?«
»In den Gebirgskesseln habe ich mich gefühlt, als würde ich mich in Stein verwandeln. Ich wäre gern wie Ikarus in die Luft geflogen. Bist du oft hier?«
»So genau weiß ich es nicht. Mein Gedächtnis für solche Schritte vom Wege ist schlecht. Ich habe meinen Namen auch ein paar Mal gewechselt. Du bist der einzige, der zu mir Sati sagt. Zu Hause dürfte ich nicht den Namen einer indischen Göttin tragen.«
»Was heißt zu Hause?« wagte Anton zu fragen.
Sie rückte ihren Gartenstuhl in den Schatten. »Schwer zu sagen. Ich weiß es selbst nicht genau. Eines Tages wird es sich zeigen.« Anton antwortete nicht. Die Lust und Jahrmarktlaune war ihnen vergangen.
»Wir müssen fahren«, sagte Sati. »Es ist noch weit.« Sie kamen durch eine große Ebene, über der sich Nebelschwaden angesammelt hatten. Überall gab es runde Hügel mit alten Städten als Mauerkrone und Weinbergen an den Hängen. Anton starrte vor sich hin, schon wieder trübsinnig: auch hier würde die Sonne untergehen. Er würde in seine Traurigkeit zurückfallen. Gut, daß Sati gerade am frühen Abend ihre besten Stunden hatte. Sie fuhren Nebenwege zwischen niedrigen Mauern und Olivenbäumen. Terrassenartig waren Obstbäume und Reisfelder angelegt.
Trotz Satis Weigerung, sich berühren zu lassen, kam es während der Autofahrt zwischen ihnen zu einigen Zärtlichkeiten. Beide atmeten schneller, sie waren erregt. Sati duldete, daß Anton ihre Brust berührte.
»Ich bin nicht die Diana von Ephesus«, sagte sie lachend, »ich habe nur zwei von ihnen – das genügt.«
»Ist es noch weit?« wollte Anton wissen.
»Nicht für mich, die sich auskennt in dieser Gegend. Du bist zum ersten Mal hier, das vergesse ich immer wieder.«

Der Garten der Villa Primavera war vor zweihundert Jahren angelegt worden – im französischen Stil. Als sie endlich angelangt waren, fand Sati den Schlüssel nicht. Anton mußte beim Suchen im hohen Gras und im Azaleengebüsch helfen.

»Jedesmal, wenn ich hier bin, glaube ich, daß ich den alten Gärtner herbeirufen kann, der schon tot ist. Niemand öffnet, das kenne ich schon. Die Schlüssel sind verlorengegangen. Ich kann nicht glauben, daß ich die Besitzerin des Schlosses und seines Gartens bin. Sie haben mich ausgeschlossen. Sie kennen meine Lehre, daß man nichts besitzen soll auf dieser Welt.« Anton fand den Schlüsselring und übergab ihn der Eigentümerin. Sie bedankte sich.

»Man könnte glauben, daß wir uns Märchen erzählen.« Sie setzten sich in den Innenhof, um sich auszuruhen.

»Weißt du eigentlich, wie alt ich bin?« fragte Sati und wandte ihm ihr braunes Gesicht zu.

»Keine Ahnung. Es ist mir auch gleich.«

»Ich kann und will nicht mehr körperlich lieben. Ich mag keine Berührungen mehr. Ich spüre alles aus einer gewissen Distanz. Mich verwirrt und verwundert der Geschlechtsakt.« Sie schwieg. Beide hörten nur noch das Geprassel des Wasserstrahls eines alten Brunnens.

Die Grillen zirpten lange, als sei jede allein. Ein Frosch quakte im verschlammten Teich. Anton hörte auch die Vögel ihre Abendlieder singen. Unüberhörbar war in der Dunkelheit der Ruf des Kauzes mit seinem »Komm mit«, genau wie zu Hause.

»Es ist, als sei er mit uns gereist«, sagte Sati. Der Sichelmond über den Zypressen sah metallisch aus. Anton verglich ihn mit dem Vollmond daheim, der immer etwas Bedrohliches hatte, als beobachtete er aus seinem toten Auge die Erde.

»Ich bin glücklich«, sagte Anton, »es ist leider nur ein flüchtiger Rausch, aber immer wieder erleichternd. Es geht auch anders, wenn man aus den tropischen Regenwäldern in die trockene und gesunde Luft der Hochebenen am Rand der

Himalayariesen kommt.« In diesem Augenblick läuteten Glocken des Campanile einer barocken Kirche.
»Grausam, wie man sogar hier die Zeit abmißt«, sagte Sati.
»Sie hat uns alle im Griff. Wir müssen uns nach ihr richten.«
»Ich hatte gerade vergessen, daß ich an irgend etwas gebunden bin«, sagte Anton. »Lange genug hat man mich herumkommandiert. Wir funktionierten zum Schluß wie Maschinen.«
»Mein Armer!« Sati sah ihn aufmerksam an, »hier bist du wenigstens frei.« Er gestand ihr, daß er zwischen den Felsen und Berghängen so unglücklich und beengt gewesen sei, daß er am liebsten umgekehrt wäre. Jetzt konnte er keinen Gedanken an den Rückweg verschwenden. Er fühlte sich stark und ausgeruht.
»Ich würde gern bei dir in der Villa schlafen«, sagte Anton, nachdem er das einzige langgestreckte Zimmer im Pavillon mit einem Baldachinbett und barockem Schäfchengewölk gesehen hatte. Die Grillen zirpten noch lauter und mißtönender hier als auf der Terrasse. Der Kauz wiederholte noch häufiger sein »Komm mit«. Vom Teich, an dem der Pavillon lag, kam ein vielstimmiges Quakkonzert.
»Angst?« fragte Sati. Er nickte.
»Also gut. Komm mit.« Sati legte ihren Arm um seine Schulter und führte ihn durch den dunklen Park. Er schämte sich: Er hatte sich benommen wie ein Kind im Wald; sie tröstete ihn wie eine Mutter.
»Wo möchtest du schlafen, oben oder unten?« fragte Sati ihn etwas spöttisch, wie er glaubte. Er machte sich selbst sein Bett aus den gelblichen Laken und Kissenbezügen, die zu den Farben der Tapete paßten.
»Früher habe ich hier geschlafen«, sagte Sati, »jetzt brauche ich mehr Platz, ein ganzes Stockwerk für mich allein.«
»Ich möchte bei dir schlafen«, erklärte Anton.
Sie lachte. »Bei mir oder mit mir?«
»Beides«, sagte er in dem kindlichen Ton, den er sich ihr gegenüber nicht abgewöhnen konnte. Dabei war er zum ersten

Mal nach dem Krieg sexuell erregt. Sie merkte es, als sie ihm das Baldachinbett in ihrem Schlafzimmer zeigte.
»Weißt du, daß es Orientalen gibt, die keinen Kuß brauchen, um sich in Erregung zu versetzen?« Es entsprach ihrer Kühnheit, gleich mehrere Stufen zugleich auf der Treppe zur körperlichen Vereinigung zu nehmen. Doch noch immer fühlte er, daß sie ihn belehrte.
»Warum muß ich immer noch so weit von dir entfernt sein?« fragte Anton. Es klang aber nicht wie die Klage eines Liebhabers, sondern wie die Forderung eines Sohnes an seine Mutter.
»Du wirst hier besser als in Zürich schlafen«, sagte sie. »Hier gibt es nur dich und mich. Als ich die Villa Primavera bezog, war ich froh, nicht mehr viele Menschen um mich zu haben. Es ist mein einziges europäisches Domizil; das asiatische liegt am Dal-See bei Srinigar in Kaschmir, in der Nähe der Moghulgärten. Jetzt ist dort die Monsun- und Regenzeit, obgleich es keine tropische Gegend ist.«
»Wann wirst du den Wohnort wechseln – schon bald?« fragte Anton.
»Ich entschließe mich immer von einem Tag auf den anderen. Vorläufig freue ich mich, hier angelangt zu sein – mit dir.«
Er küßte sie nicht. Sie umarmte ihn auf eine drängende Art der Umschlingung, die er nicht kannte. Gleich darauf schickte sie ihn in sein Zimmer hinunter. Er zog sich aus und duschte lange und kalt. Als er wieder im Bett lag, kam sie in einem Kimono.
»Schau mich an«, erwiderte sie, »ich bin nackt.«
Ihr Körperbau war vollkommen. Er dachte an Iris, die zierlicher war und keine so harmonischen Bewegungen hatte. Satis braune Haut sah nicht wie die einer nackten Frau aus, eher wie die einer indischen Figur der Göttin Sati nach einer Verwandlung in eine jugendliche Gestalt. Er wagte noch immer nicht, sie anzurühren. Sie sah verletzbar aus.
»Merk dir eins«, sagte sie wieder sanft belehrend, »wenn du

liebst, darf es nie ganz dunkel sein.« Sie zündete eine Kerze an. Sie übernahm die Führung. Wie hätte es anders sein können? Sie umarmte ihn. Es gab keinerlei Vorspiele, sondern nur die Vereinigung der Körper, so vollkommen und selbstverständlich, als hätten sie dasselbe schon oft getan. Ihr Schoß hielt ihn fest, er wagte es kaum, sich zu bewegen, weil er den Augenblick der Spannung und des Glücks hinauszögern wollte.

Anton brachte nur noch die Kraft zu einem einzigen Gedanken auf: Ich bin zurückgekehrt in deinen Schoß, du wirst mich zum zweiten Mal gebären, so wie ich es mir immer gewünscht habe. Nicht als hilflosen Säugling, sondern als erwachsenen Mann. Sie ist so viel größer als ich, dachte er, eine Riesenfrau, die einem Zwerg das Leben schenkt. Sie blieben lange in der Umarmung, sie ließ ihn nicht los. Es war eine Erektion, wie er sie noch nie erlebt hatte. Endlich war auch ihr etwas von ihrer Erregung anzumerken. Sie zitterte, sie stöhnte nur ein einziges Mal, dann löste sie sich von Anton, stand auf, zog ihren Kimono an und strich Anton über die Stirn. Ein kreisrundes Zeichen, das wie eine Tätowierung brannte.

»Hierher gehört das dritte Auge«, sagte sie. »Es ist nicht gut, wenn man es zu lange schließt. Allmählich erblindet es.«

Anton fing wieder an, nach dem Schlüssel zur verbotenen Tür in der Villa Primavera zu suchen. Er studierte ihre Haltung vollkommener Entspannung. Sie lag auf dem Rücken, die Beine im Kniegelenk abgeknickt, die Hände geöffnet wie zwei kleine Schalen. Eine Geste der Meditation?

In Istanbul wollte Anton in einem türkischen Hotel wohnen. Es gab keinen Platz: Aus allen Landesteilen waren Türken zu einem Fest in die Stadt gekommen. In den Küchen bereitete man das Essen vor. Die Gerüche der Knoblauchzehen, die Anton haßte, drangen aus allen Fenstern und Türen in die engen Bazarstraßen, wo im Freien an langen Tischen gegessen wurde – mit tierischem Appetit. Alkohol wurde nur für Touristen serviert. Auch nach dem Dessert gab es nur türkischen Kaffee. Der Lärm der Stimmen drang in die rosarote Hotelhalle, wo Anton auf einem samtenen Sessel thronte.
Das alte Hotel, in dem alles von Putzmitteln glänzte, vibrierte vom Andrang der Gäste, die Kronleuchter zitterten, die Wandspiegel zeigten verzerrte Gesichter.
Anton ließ sein Gepäck in dem türkischen Hotel, das keinen Platz für ihn hatte. Weil er nicht wußte, was er anfangen sollte, bestieg er eine der Fähren. Das Wasser machte ihn schwindlig. Er stieg wieder aus und wartete auf einer Brücke, die ihn an Venedig erinnerte, bis seine Schwindelanfälle nachgelassen hatten. Er machte sich auf die Suche nach einem Taxi. Er fand einen Chauffeur, der deutsch sprach. Anton sagte ihm, daß er ein Hotel suche.
Er fuhr Anton durch steile Straßen zum höchsten Haus der Stadt, dem Sheraton. Er hatte gute Beziehungen zu den Portiers, die ihm seine Kundschaft besorgten. Für Anton war an diesem lärmenden Abend nur eine Kammer im 20. Stockwerk neben dem Fahrstuhl frei. Die Hitze war im Innern des Hotels noch quälender als im Freien. Ein Liftboy riet ihm, sein Glück auf dem Dachgarten des Hotels zu versuchen. Allerdings suchten auch andere Teilnehmer an den Tagungen dort oben Kühlung.
Er fand alle Tische besetzt bis auf einen, an dem ein einzelner Herr saß, der hier offenbar Gewohnheitsrechte besaß. Er ging auf den letzten freien Stuhl zu und fragte, ob er den Platz benutzen dürfe. Er stellte sich vor, was der Mann am Tisch offenbar vergnüglich fand.

Auf der Dachterrasse war Anton schreckhaft und nervös. Als eine neue Gruppe von Störchen auf dem Flug nach Süden dicht über den Dachgarten rauschte, zuckte er zusammen und duckte sich, als habe er Angst vor den Langschnäbeln. Anton schrieb in ein Logbuch auf, wie sich der Tag entwickelt hatte – vom Nebeldunst, der die Farben löschte, bis zur Mittagshitze und abendlichen Regengüssen und Gewittern. Sein Tischnachbar warf einen Blick ins Logbuch.
»Keinen Fehler gemacht?« fragte er spöttisch, »zum ersten Mal hier?«
Anton, der etwas gekränkt war über die Behandlung, nickte. Er wäre gern aufgestanden, aber noch immer war kein anderer Platz frei. Anton blickte ihn etwas schielend an.
»Ich bin aus dem Ölgeschäft ausgestiegen«, sagte sein Tischnachbar.
»Das hätte ich nie erraten.«
»Haben Sie nicht darüber nachgedacht?«
»Ich bin eben erst angekommen«, sagte Anton, »habe nichts zu tun. Genieße den Scherenschnitt der Moscheen und Festungswälle und das Wasser mit seinen kleinen schüchternen Wellen. Ab und zu kommt es mir vor, als gehe die Uhr rückwärts. Die Dämmerung kommt zurück. Als wären wir hier in den hellen Nächten.«
»Hören Sie auf mit Ihren Schwärmereien. Man merkt, daß Sie zum ersten Mal hier sind. Ein Deutscher auf Bildungsreise. Wie war der Name?«
»Winter. Aber in Wirklichkeit heiße ich nicht so.«
»Eine Reise mit falschem Namen. Habe ich mich eigentlich vorgestellt?«
»Ich kann mich nicht erinnern.«
»Ich heiße O'Brion. Aber auch mit meinem Namen ist nicht alles in Ordnung.«
Anton zeigte Zeichen von Verlegenheit.
»Glauben Sie nicht, daß es immer leichter wird. Das Leben hat etwas an sich vom Militär: Gehorsam, Verantwortung,

Bereitschaft zum Sterben, eine Rangordnung mit vielen Dienstgraden. Waren Sie auch im Krieg?«
»Siebzehnjährig haben sie mich eingezogen. Aber ich möchte nicht darüber reden.«
»Wechseln wir das Thema.« O'Brion blickte Anton scharf ins Gesicht. »Sie müssen sich jetzt ein halbes Leben lang erholen. Zum Beispiel bei den Wassern von Istanbul und seinem Perlmutterhimmel. Haben Sie Familie?«
Anton schüttelte den Kopf.
»Wo möchten Sie denn am liebsten wohnen?«
»Auf keinen Fall in der Stadt, in der ich geboren bin.«
»Zukunftspläne?«
»Im Augenblick nicht. Ich lerne das Nichtstun.«
»Man muß nur aufpassen, daß man keiner Postkartenschönheit verfällt.«
»Ein guter Rat: Fahren Sie einmal zu den Lederfabriken am Goldenen Horn. Gehen Sie auf die Hausboote. Die Sauberkeit im Hotel, das die Amerikaner lieben, geht mir auf die Nerven. Lange bleibe ich nicht mehr hier. Ist das Ihr erster Besuch in Istanbul? Es wird auch gewiß der letzte sein.«
»Ganz im Gegenteil«, sagte Anton mit schlecht unterdrückter Empörung. Ich studiere nämlich Byzantinistik. Mein Doktorvater Professor Rosenbaum wird zu einer Tagung herkommen. Die Fachgespräche mit ihm sind hochinteressant. Auch für die Völkerwanderungszeit ist er Spezialist.«
»Ich habe lange Zeit im Ölgeschäft gearbeitet«, sagte O'Brion. »Zwischen England und Amerika bin ich hin- und hergeflogen. Ich habe mich erst an die Lebensart der Amerikaner gewöhnen müssen. Wenn man kein Sport-As ist, hat man wenig zu sagen. Man lernt dort fleißig. Auf die Dauer kann sich keiner Faulenzerei leisten. Alles ist gut durchorganisiert. Am Wochenende gibt es Partys, die meistens etwas langweilig und phantasielos sind.«
»Darf ich fragen, weshalb Sie nicht in Ihrem Paradies geblieben sind?«

O'Brion schenkte sich ein Glas Wein ein.
»Das geht dich nichts an. In mancher Hinsicht sind Amerikaner höflicher als Bewohner der alten Welt.«
»Interessant für einen wie mich, der ein Stipendium erhalten hat und nicht weiß, ob er nicht besser in Europa oder in Asien bleiben soll.«
»Du verlangst ziemlich viel«, sagte sein Tischnachbar, »ich habe nicht die neue Welt als Heimat der Technik beschrieben. Manches, was man dort erlebt, ist ausgesprochen bequem und praktisch. Man verliert nicht soviel Kraft durch Grübelei wie hier. Damit du mich nicht wieder fragst, will ich es dir sagen: Ich bin Privatgelehrter geworden und schreibe ein Buch. Es handelt von den Unterschieden der drei Kontinente Europa, Asien und Amerika.«
»Darf ich fragen, was Sie den ganzen Tag tun«, fragte Anton.
»Einfach nichts«, erklärte O'Brion. »Mehr ist darüber nicht zu sagen.« In diesem Augenblick fiel Anton ein, wie Sati in der Waldschule dies Nichts erklärt hatte: In der Übersetzung heißt es das Verwehen. Wind und Wasser, Licht und Erde spielen dabei eine Rolle. Die klaren Linien und Kuben der Moscheen hätten die Christen nicht fertig gebracht, sie denken zu kompliziert. Auf diese Weise entstehen französische Kathedralen, die mich nervös machen. Kuppelbauten sind einfacher als die Türme der Kirchen.

Anton fand Istanbul auf den ersten Blick enttäuschend und verwirrend. In den Bazar- und Nebenstraßen mußte er immer wieder seinen Stadtplan studieren, um sich zurechtzufinden. Esra Rosenbaum hatte ihm versprochen, ihn auf die Byzantinisten-Tagung mitzunehmen. Anton hätte sich die Stadt gerne allein erobert. Aber er mußte zunächst für Esra und seine Familie eine Bleibe finden. Er bestieg eines der schwarz dampfenden Bosporusschiffe. Er sehnte sich nicht nur nach frischer Luft, sondern nach den Hügeln und Wäldern im Umkreis der Stadt. Das überfüllte Boot wurde von Station zu Station leerer. Er nahm es in Besitz, indem er sich an die Reling lehnte oder auf den Holzplanken des Schiffs hin- und herwanderte. Er befand sich in einer ländlichen Gegend mit weißen Villen und Badehäusern, deren Namen er nicht kannte. Bäuerinnen mit Körben voller Obst und Backwerk bestiegen das Boot, um es an der nächsten Station wieder zu verlassen. Der Bosporus war eng und an manchen Stellen schlangenhaft gewunden. Es fiel schwer sich vorzustellen, daß auf dem anderen Ufer Asien begann, ein riesiger Kontinent, den Anton noch nicht betreten konnte und wollte. Er stieg bei den Silberpappeln aus, einem Dorf, das nicht weit von den Ländern des Balkans und vom Schwarzen Meer entfernt war. Hier bewohnten reiche Bürger aus Istanbul ostasiatisch leichtgebaute Sommerhäuser mit buntberankten Wänden und verschiedenen Höfen, die nach antikem Vorbild ineinander übergingen und den Blick aufs Wasser freigaben.

Anton wußte sofort, daß er eines dieser Bosporushäuser für den kommenden Sommer mieten wollte. Das Silberpappeldorf war ein idealer Erholungsort für ihn und Esras Familie. Bei seinen Verhandlungen mit dem Pächter Cypriano, einem Italiener, beschloß er, scheinbar gleichgültig vorzugehen. Mit dem Hausverwalter konnte er sich verständigen, es gab keine Sprachschwierigkeiten. Der letzte Bewohner, ein Diplomat, der nach Brasilien versetzt worden war, hatte einen Tennisplatz und zwei Badehäuschen zurückgelassen. Cypriano wollte es aber ungern vermieten. Einmal funktionierte der Strom nicht, man mußte sich mit Kerzen und Petroleumlampen behelfen. Gekocht wurde auf einem altmodischen Feuerherd. Dann hatte das Haus einen Wasserschaden erlitten, der sofort behoben werden mußte. Anton wollte sich die Mängel aufschreiben, doch er vergaß es immer wieder. Nach einer halben Stunde war er mit Cypriano handelseinig. Esra würde in Ruhe sein Buch über Justinian zu Ende schreiben können.

Am nächsten Morgen fuhr Anton zum Flughafen, um Esra und seine Familie abzuholen. Wegen der Verspätung sämtlicher Flüge mußte er zwei Stunden warten. Er begann, O'Brion einen Brief zu schreiben. Fast hätte er die Ankunft von Esra und Esther versäumt. In der Cafeteria des Flughafens berichtete er von seiner Hotelsuche, die bei den Sommerhäusern am Bosporus endete. Auf der Fahrt mit dem Taxi erklärte ihm Esra die Stadt, das Wasser, die Brücken und die Kanäle.

Als sie in die Bosporusuferstraße einbogen, schien Esra einzufallen, daß er einen Brief für Anton aus der stehengebliebenen Stadt mit der Aufschrift »Persönlich« mitgebracht hatte. Erst im Innenhof des Sommerhauses, als er allein war, las er den von Sati geschriebenen Brief: »Iris ist tot. Eines der ersten Opfer der Cholera, behaupten die Angestellten der Botschaft in Ankara, wo es geschehen ist. Es war ganz schrecklich. Ich kann nicht darüber reden oder schreiben. Ich finde, du mußt es als einer der ersten wissen. Der Botschafter kommt eher als du nach Istanbul. Vielleicht findet er die Kraft...« Der Brief brach mitten im Satz ab.

Anton merkte, daß Esra ihn beobachtet hatte. Er wußte bereits Bescheid. Die beiden wechselten aber über das Unglück kein Wort. Esther und das Kind waren schon in ihrem Zimmer mit Meerblick und schliefen.

Esra erzählte von seinem Buch. Er beschrieb Kaiser Justinian bei seinen nächtlichen Gängen durch den Palast. Überall im Palast gab es Kalender und Uhren. Justinian achtete jedoch nicht auf die Zeit, obgleich er keinen Termin verpaßte. Der Hofstaat mußte sich nach den Gewohnheiten des Kaisers richten, auch wenn sein Lebensstil dem bisherigen Zeremoniell widersprach. Justinian nahm nur ein paar Bissen von den Gerichten, für deren Vorbereitung und Dekoration die Köche den ganzen Morgen brauchten. Nach ein paar Minuten hob Justinian die Tafel auf. Draußen war es dunkel, aber sternklar. Sein nächtlicher Tag begann. Er studierte zunächst die Planeten durch ein Fernrohr. Die Kaiserin Theodora, die Justinian bei seinen Regierungsgeschäften half, unterrichtete ihn über die Phasen des Mondes, den sie als goldenen Schmuck an ihren dunkelblauen Mantel heftete. Wenn sich die beiden bei ihren nächtlichen Rundgängen trafen, begrüßten sie sich nicht. Justinian war hochgewachsen. Sein Chronist blieb klein. Sie versuchten beide, den Grundriß des Palastes aufzuzeichnen. Die ineinandergehenden Säle waren spärlich möbliert mit Ikonen, die den Kaiser aus starren und großgeschnittenen Augen überwachten. Rom war trotz aller Verwüstungen immer noch der Glanz des Imperiums, den es auch später nicht verlieren sollte. Nur einige hundert Jahre hatte das Christentum seine Reinheit, seinen Märtyrer- und Todesmut bewahrt.

»Als ich mir dieses entlegene Studiengebiet aussuchte, stand ich noch unter dem Schock des Kriegs und des schlimmsten Pogroms aller Zeiten«, hatte Anton O'Brion auf dem Dachgarten des Sheratons erklärt. »Ich hatte überlebt und konnte mit meinem ›noch immer in der Welt sein‹ nicht fertig werden. Befinden wir uns heute wieder in einer Völkerwanderungszeit? Etwas liegt in der Luft: Zerstörung und Untergang oder neuer Anfang. Durch die technischen Errungenschaften hat sich der Mensch eine Falle gebaut, aus der es kein Entkommen gibt.«

Anton lag im Sommerhaus am Bosporus in einer Hängematte, die er zwischen zwei Affenbrotbäumen im Garten der Villa festgemacht hatte. Esra befand sich noch in der Bibliothek.

Das einzige Motorrad im Ort hatte der Briefträger. Der erste Brief, den Esra aus der stehengebliebenen Stadt erhielt, kam vom Rektor der Universität. Der Brief steckte in einem Umschlag aus Büttenpapier mit rotem Seidenfutter. Der Brief war, wie das Datum verriet, zehn Tage unterwegs gewesen. Absender des Briefes war Professor Gerstenkorn, zur Zeit Dekan der »Ruperto Carola« in der stehengebliebenen Stadt. Den Anfang des Briefes wollte Esther gleich zweimal hören.

Er war eine Mahnung zur Vorsicht und wiederholte, was in den Zeitungen über den Ausbruch der Cholera stand.
»Daß Dr. Rosenbaum und Anton Winter in Istanbul bleiben wollen, kann man verstehen. Aber Sie, Frau Professor, sollten sich eine weniger gefährliche Zeit für den vorderen Orient aussuchen. Wir denken da auch an den kleinen Markus und, wenn es erlaubt ist, an Ihre Schwangerschaft.« Nach dieser sorgenvollen Einleitung kam der offizielle Teil des Textes. Anton fragte, ob er ihn vorlesen dürfe. Esra machte ein Gesicht, als wisse er schon Bescheid.

Anton wurde im Bus bestohlen. Die Polizisten fanden keinen Dieb, sie hatten sich an solche Zwischenfälle gewöhnt.
Vor dem Eingang zum Generalkonsulat lagen zwei Figuren, die der Sphinx von Gizeh ähnlich waren – die mütterliche Gelassenheit, die erblindeten Augen, die trotzdem ein großes Stück Welt überblickten, der stumme und verächtliche Mund. Es fehlte nur der Wüstensand, der den mannweiblichen Körper begrub. Erst vor ein paar Jahren hatte man die Wächterinnen vor dem Amtsgebäude aufgestellt. Wie ihre Schwestern, die alle Tempel und Pyramiden überwachten, sahen sie majestätisch, aber leicht gekränkt aus. Sie waren keine Königinnen, sie regierten kein Land, aber niemand wagte sie anzusprechen. Anton ging die Freitreppe zwischen ihnen zum Eingang, der schon abgeschlossen war, hinauf. Er übergab einer Sekretärin, die Überstunden machte, das Protokoll. Ohne Schwierigkeiten wurde er vorgelassen. Die Tür, die zu den Privatzimmern des Konsuls führte, war verschlossen. Der Konsul blieb mit dem Protokoll im Türrahmen stehen; er inszenierte seinen Auftritt. Er versprach, Anton zu helfen. Das Protokoll sah er nur flüchtig und gelangweilt an.
»Sie haben keine Ahnung von den Zuständen hier«, sagte er. Der Konsul zeigte lächelnd sein vergoldetes Gebiß. In den Amtsräumen war es erstickend heiß, zumal die Ventilatoren durch einen Kurzschluß stillgelegt waren.

»Mich müssen Sie entschuldigen«, sagte der Konsul, »ich habe Termine. Ich rate allen Touristen, so schnell wie möglich abzureisen.«
Anton versicherte, er würde hier bleiben. Er habe im Krieg ganz andere Dinge mit Choleratoten erlebt.
»Wie Sie wünschen«, sagte der Konsul gekränkt. »Ich halte es für meine Pflicht, Sie auf die Gefahr hinzuweisen.« Anton wußte nicht, was er antworten sollte.
»Wie alt bist du?« sagte der Konsul auf einmal vertraulich.
»Ich schätze, gerade erst mündig geworden.« Der Konsul musterte Anton und lächelte auf eine fatale Art. In der Eingangstür drehte sich geräuschvoll ein Schlüssel.
»Da ist schon der Botschafter«, sagte der Konsul erleichtert, »ich weiß, wie es klingt, wenn er den Eingang öffnet und mich hier ablöst.« Konstantin war ein Hüne, blond und nordisch.
»Es wird noch einige Wochen dauern, bis Sie den neuen Paß abholen können«, sagte Konstantin. »Sie wissen ja, die Bürokratie.«
Im Empfangsraum machte sich vor einem Wandspiegel der Konsul fertig.
»Warum sind Sie hier. Studium?« fragte Konstantin seinen Besucher.
»Ich suche meinen Vater.« Die Auskunft kam Anton ziemlich albern vor.
»Ich werde Ihnen beim Suchen helfen. Woher wissen Sie, daß der Mann, den Sie suchen, in Istanbul gelebt hat.«
»Ich weiß es nicht, ich ahne es nur.« Der Botschafter blätterte in einer Kartei, in der Mitglieder der deutschen Kolonie verzeichnet waren, die schon viele Jahre lang in der Umgebung der Stadt lebten.
»Wie stellen Sie sich Ihren Vater vor?« fragte der Botschafter, »soll er Ähnlichkeit mit Ihnen selber haben? Was für einen Beruf übt er aus. Wo lebt er jetzt?« Konstantins Hände fingen zu zittern an, während er in noch älteren Karteien mit deut-

schen Namen blätterte. »Natürlich bedeutend. Vielleicht künstlerisch. Ein Pianist, ein Maler, ein Schriftsteller oder dergleichen«, sagte der Botschafter spöttisch.
Eines der Karteiblätter war auf den Boden gefallen. Anton bückte sich, um es aufzuheben. Die Schrift war getippt, verblaßt, kaum leserlich. Den Nachnamen konnte Anton nicht entziffern. Der Vorname war Leo, Anton gefiel er nicht, er fand ihn aus irgendeinem Grund überheblich.
»So kommen wir nicht weiter«, erklärte Konstantin. »Ist es wirklich so wichtig, daß Sie den Namen eines Ihnen Unbekannten wissen, den Sie für Ihren Vater halten.«
»Für mich ist es wichtig.« Antons Stimme klang trotzig.
In einem von Konstantins Büros fanden sie eine vergrößerte Fotografie, die Anton so ähnlich sah, als sei sie vor ein paar Jahren aufgenommen worden. Der junge Mann auf dem Bild zog die Augen schmal, entweder die Sonne blendete ihn, oder er blickte in ein Zukunft, in der er die Menschen verändern und besser machen wollte. Was für eine kindliche Hoffnung!
»Wenn du Schwierigkeiten hast«, sagte Konstantin, »werden wir dir helfen.«
»Das wird nicht nötig sein«, erklärte Anton. »Wer den Krieg so mitgemacht hat wie ich, braucht sich nicht vor Staatsstreichen oder vor der Cholera zu fürchten.«

Üsküdar – wie barbarisch das klingt. Früher hat das einmal Scutari geheißen, so steht es im Bädecker. Üsküdar ist türkisch wie alle Worte mit ü – ungezähmt, asiatisch, wild. Der Ort wird bei den Besuchen der kleinasiatischen Küste meist ausgelassen. Ein Dorf, eine Vorstadt, eine Fährenstation? Hält Anton die Ufermoschee ohne Kuppel für eine halbzerstörte byzantinische Kirche? Bellen die Hunde und quieken die Schweine in der Siestazeit? Weshalb sind sie nicht stumm wie die Möwen ohne Flügelschlag? Die Uferstraße, eingehüllt in eine Wolke weißen Staubs, menschenleer, aber noch immer ertönen auf ihr Hufschläge von Maultieren, Trippeln von Scha-

fen. Gegen Abend kommt rötlicher Nebel auf. Ist die Siesta vorüber, zeigen sich alte Männer und Frauen, die, mit Krügen auf dem Kopf, zum Brunnen der Diana gehen, um frisches Wasser zu holen. Tempelquader, Säulenstümpfe, Flachreliefs mit Tierfiguren ohne Köpfe, abgebrochene Beine, offene Mäuler, die vor Durst lechzen. Üsküdar – Anton hat es auf dem Landesteg gelesen – gibt es schon länger als 2000 Jahre, ein Uferweg, den die Völkerwanderer benutzten. Sie stellten dort ihre Zelte auf und bauten im Winter Holzhütten.
Die Sonne brannte gnadenlos. Im Uferrestaurant, wo er essen wollte, wurde eine Hochzeit gefeiert. Er merkte es an der Musik, die halb aus dem Westen, halb aus dem Orient kam. Die Gäste tanzten barfuß. Die Männer stießen hohe Schreie aus, als wollten sie ihre Pferde auf der Steppe antreiben. Die Frauen knüpften einen Brokatschal für die Braut.
Anton sah nur die früh verknöcherten Hände und die Nadeln, die sich wie Lebewesen bewegten. An der Mauer tiefer bläulicher Schatten, in der kreisrunden Mitte des Lokals nur ein paar Kinder, Mädchen. Sie ketteten sich aneinander, indem sie sich gegenseitig die Zöpfe flochten und wieder auflösten. Es entstand ein Gewebe, das dem Schal an der Mauer glich. Die Kinder spielten mit Taschenspiegeln. Vor deren sonnenglänzendem Glas mußten sie die Augen zukneifen. Sie spielten Fangen. Gewonnen hatte die Braut, um die sich sonst niemand kümmerte. Die Braut sah zugleich blaß und blühend aus – vom Schleier verdeckte niedrige Stirn, bläuliche Ringe unter den Augen, halb geöffneter Mund, der auf einen Kuß Antons zu warten schien. Zwischen den Mädchen und der Braut gab es das schmerzlich-lustvolle Lächeln der neuen Erfahrung. Alles an ihr wölbte sich, Brüste und Bauch, Schenkel und Waden, Lippen und Nase, der Mund stand jetzt schief, sie bot sich Anton, dem einzigen fremden, ungeladenen Gast, mit zwei offenen Händen an, die er nicht ergriff. Der Busen war viel zu rund und dick, er sprengte fast das Hochzeitskleid, das an der Brust nur flüchtig zugenäht war.

Der Brokatschal war fertig, die Kinder kreischten vor Vergnügen. Die Mütter und Großmütter wickelten die Braut von oben bis unten in das neue Kleidungsstück ein, der Schal war ihr zu heiß, sie verwandelte sich in einen vergoldeten Kokon. Wann würde der Schmetterling ausschlüpfen? Das alles war eine Frage der orientalischen Bekleidung, die den Körper mehr entblößte als verhüllte.

Die Braut roch nach den Kräutern und Gewürzen des Bazars. Anton hielt sie für lüstern. Er wußte selber nicht warum. Er suchte nach einem Schattenplatz, an dem ihn die Mauer des Uferrestaurants zwei Stunden lang vor der Sonne schützte.

Wo war der Bräutigam? Hatte er sich der Männergesellschaft in der prallen Sonne auf der anderen Seite des Restaurants angeschlossen, die sich gegenseitig saure Trauben in die Münder schoben und dabei tierisch lachten? Man überließ die Braut den Frauen und Mädchen, die sich der Mutter näherten, um den Blut- und Schweißflecken zu betrachten. Sie zirpten, sie spitzten die Lippen. Mehr als an den Hochzeitsgästen fand Anton Gefallen an der leeren Mitte des Lokals, dessen Sonnenglut nur durch einen Schattenzeiger unterbrochen wurde. Stammte er von einer Sonnenuhr? Er bewegte sich nicht. Anton machte eine wunderbare Erfahrung: Er glaubte, der Schattenzeiger selber zu sein und so den Mittelpunkt der Veranstaltung zu bilden. Er schloß die Augen, empfand aber alles körperlich nach, die Hitze ließ die den Schattenzeiger zusammenschmelzen, ohne daß er sich verkleinerte. Warum war die Stimmung der Hochzeitsfeier bedrückt? Die Braut sah aus, als sei sie hochzeitlich vergewaltigt worden.

Anton hatte ein Paar entdeckt, das unter den schwarzen Blättern eines immergrünen Baums Schutz vor der Sonne gefunden hatte. Außenstehende, die nichts mit der Feier zu tun hatten, aber hier im Ort im Gegensatz zu Anton, dem Fremdling und Eindringling, bekannt waren. Ältliche Eheleute. Der Mann trug eine Art selbsterfundene Uniform und ein bestick-

tes Käppchen. Er wedelte sich mit einem Fächer Luft zu. Der Mann war neugierig. Er fing sofort ein Gespräch mit Anton an. Ein Franzose, der Fremdenlegionär gewesen war und sich in der Welt auskannte.
»Warum geht das Paar nicht auf Hochzeitsreise«, fragte Anton. »Wird noch jemand erwartet?«
»Natürlich«, sagte die Frau. »Er kommt nie rechtzeitig, muß immer seinen Auftritt haben. Für fast alle Gäste ist er wichtiger als Braut und Bräutigam und die ganze Gesellschaft.«
»Wohnt er denn in Üsküdar?« Wieder glaubte Anton, etwas mit der Schattenfigur in der zifferblattähnlichen Leere des Restaurants zu tun zu haben.
»Auf wen warten wir?« fragte er.
Die Frau sah Anton an und sagte mit verhaltenem Spott: »Auf den Paten.«
Anton mußte feststellen, daß er nicht einmal wußte, was das Wort Pate bedeutete. Die Frau, froh ein Opfer für ihre Neugier gefunden zu haben, erklärte: »Er kennt die Braut etwas zu genau. Er wollte unbedingt Pate sein. Sonst hätte die Hochzeit nicht stattgefunden. Er ist aber blind. Keine gute Voraussetzung für einen Paten.« Daß der Pate blind war, hatte er jetzt verstanden. Er hatte die Kennzeichen eines Blinden: den Stock mit der Gummizwinge und den Hund, den er ohne Leine an die Stelle lenkte, die er erreichen wollte. Im Augenblick war das der Mittelpunkt des Kreises, dessen Peripherie die Gäste der Gesellschaft bildeten. Blind bedeutete für Anton, daß man nichts von den Augen sah. Wie falsch diese Ansicht war, erfuhr er erst, als ein leerer und ausdrucksloser Blick des Blinden ihn traf. Wenn ich blind wäre, dachte er, hätte ich solche Augen. Er hatte sich über die Grenze des Zirkels hinausgewagt.
Hierauf geschah etwas, was er wider Willen für einen Überfall hielt. Der Blinde erhob seinen Stock bis zur Waagrechten – es hätte eine Waffe sein können. Er drehte sich um, als wolle er dem Stock die für ihn bestimmte Richtung zuweisen. An-

tons Schrecken war durch diese Bewegung nicht zu erklären. Der Blindenstock schien magische Kräfte zu besitzen. Genau gegenüber Anton blieb er stehen.

»Wer ist das?« fragte er. »Ich habe diesen Mann nicht eingeladen. Er hat hier nichts zu suchen. Er soll sich wenigstens vorstellen, wenn er unsere Gesellschaft stört.« Eine neue unangenehme Überraschung: Die Stimme des Blinden klang, als habe Anton sie schon einmal gehört. Er beschloß, kein Wort mehr in dieser Umgebung zu sagen, damit die Ähnlichkeit dem Paten nicht auffiel. Blinde haben feine Ohren, bekam er von ihm zu hören, als der Hund vom Landesteg aus jaulte, statt zu bellen. Anton kehrte zu dem Ehepaar zurück, das inzwischen einen anderen Schattenplatz am Ufer gefunden hatte.

»Der Pate ist Arzt«, erklärte die Frau. »Ein Heiler. Blinde haben für manche Patienten einen besonders feinen Instinkt.« Die beiden waren in Üsküdar als Patienten. Die Frau konnte keine Kinder kriegen. Der Fremdenlegionär hatte sich in Dschibuti eine bösartige Geschlechtskrankheit geholt, von der er geheilt werden wollte.

»Wir sind keine gewöhnlichen Patienten«, erklärte die Französin, »wir haben eine Wallfahrt hierher gemacht. Der Wunderdoktor, der seit zwanzig Jahren seine Praxis aufgemacht hat, hilft in aussichtslosen Fällen. Sein Haus steht auf geweihtem Boden. Schon im Altertum gab es hier heilendes Wasser. Die Kranken ruhten sich nach der Behandlung in einem der Diana geweihtem Tempel aus. Die Christen haben aus dem Tempel eine Kirche mit Kreuzgang gemacht, aus dem später eine Liegehalle für die Patienten wurde.«

»Hör auf mit dem Geschwätz«, sagte der Fremdenlegionär. »Jedenfalls ist er kein richtiger Arzt, hat keine Examen gemacht. Wird von den Kollegen nicht anerkannt. Glaubt, weil er blind ist, besitze er magische Kräfte.«

»Der Heiler ist sehr beschäftigt«, sagte die Frau. »Wir haben erst in acht Tagen einen Termin bekommen. Solange müssen

wir uns in diesem Nest herumtreiben. Man kann es Leo nicht übelnehmen.«
»Leo«, wiederholte Anton erschrocken und verwirrt.
»Leo ist der Name des Paten. Hier im Ort wird er von allen so genannt«, erklärte die Frau des Fremdenlegionärs. Anton machte drei Schritte rückwärts auf den Landesteg zu, als wolle er mit der Fähre, die gerade ablegte, fliehen. Der Blinde verfolgte ihn, indem er seinen Stock in die Richtung drehte, in die Anton zu verschwinden versuchte.
»Leo«, sagte er dreimal hintereinander. Die feinen Ohren des Paten hörten es.
»Wo ist er? Wohin will er? Ich kann ihn immer noch riechen und schmecken. Vor mir versteckt man sich nicht.« Der Hund bellt. Die Leine, an der ich ihn führe, ist zerrissen. Ich finde mich trotzdem zurecht. In Zukunft solltet ihr mich nur noch den Paten nennen. Ich bin verantwortlich für euch alle.«
»Bitte nicht Leo«, bat Anton, »jeden anderen Namen, aber nicht Leo.« Er sah vor sich die Karteikarte aus dem Konsulat, die auf den Boden gefallen war. Nachname, Nationalität und Wohnort waren von verschwitzten Händen verwischt und unleserlich geworden.
Alle Gäste wurden aufmerksam. Weshalb konnte der junge Mann den Namen Leo nicht hören? Handelte es sich um seinen Gegner im Duell, der ihm seine Augen zerstört hatte. Zwei Männer, die wie Polizisten uniformiert waren, wollten Anton abführen. Niemand kannte ihn hier. Er gehörte vielleicht zu den kriminellen Jugendbanden. Als Anton den Druck der Polizisten spürte, brach er zusammen, er hatte auf einmal kein Gewicht mehr, seine Füße pendelten im Leeren. Ein Einfall kam ihm zu Hilfe, als er aus einer gewissen Entfernung die toten Augen des Paten sah. Vielleicht war Leo ein Schwindler. Er beobachtete seine Umgebung genau.
Der Blinde durchbrach den weißen Kreis, dessen Mittelpunkt er seit seinem Auftritt als Pate gebildet hatte. Ohne Hilfe des

Hundes oder des Blindenstocks ging er mit merkwürdig schleichenden Schritten auf die Mauerbank zu, auf der Anton alleine saß. Die Männer hatten ihn losgelassen und freigegeben. Einen Augenblick glaubte er selbst blind zu sein, denn er schloß die Augen und merkte nichts von der Annäherung des Paten. Dann spürte er dessen nach ihm ausgestreckten Hände.

»Er muß verrückt geworden sein«, sagte der Fremdenlegionär, »er umarmt ihn ja.«

»Hier geht keiner ungetröstet davon«, sagte die Frau des Fremdenlegionärs.

»Er bleibt hier«, sagte Leo, der Antons Hemd bis zur Narbe einer Schußwunde geöffnet hatte.

»Könnte er ihm helfen?« fragten mehrere Frauen zugleich.

»Ich könnte ihn behandeln, als sei er mein Sohn«, behauptete der Pate. »Wir alle sind eine große Familie.«

»Das sind wir nicht«, wehrte Anton ab, »aber du bist mein Vater. Ich habe dich lange genug gesucht. Ich mußte dich finden, um weiterleben zu können.«

»Du stehst also allein.«

»Bis vor ein paar Minuten stand ich allein. Dann habe ich dich gefunden.«

Die Uferstraße war weiß von Staub, windstill, leer, die Häuser tot, alle Fensterläden dicht verschlossen, das Wasser farblos und glatt, die Sonne unsichtbar an einem gelben Himmel ohne eine einzige Wolke. Die Luft roch krank. Die Hochzeitsgesellschaft hatte sich aufgelöst.

Der alte Mann am Gasthaustisch, der Anton gegenübersaß, wollte oder konnte nicht sagen, ob es ein Leben nach der Vernichtung durch die Cholera gab. Nachdem er dreimal hintereinander im Schach verloren hatte, fing er doch noch zu reden an. Mit einer Bauchrednerstimme brachte er Bruchstücke von Sätzen hervor: »Bin nur ein Bote – muß zurück – soll etwas ausrichten, was ich vergessen habe. Sind alle geimpft? –

Noch viel Arbeit – Wenn ich nur Tischler wäre – So viele Särge aus Arvenholz sind noch nie in meiner Werkstatt gewesen.«

Die Stadt atmete noch. Ihr Herz schlug ungleichmäßig. Allmählich versagten alle öffentlichen Dienste: Post, Busse, Polizei und Telefon. Der Wirt las Zeitung. Ein kleines Mädchen bediente die Herren. Es wurde wieder heißer. Der Wirt fächelte sich Luft mit der zerlesenen Zeitung zu. Der alte Mann setzte den Försterhut ab. Er war kahlköpfig, aber er schwitzte nicht. Sein Gesicht war wie eine Maske. Er wandte sich Anton zu:
»Eben hast du beim Spiel verloren. Eine neue Partie?«
»Ich spiele zu schlecht«, sagte Anton. »Nach ein paar Zügen bin ich matt.«
»Vorhin habe ich deine Zeche bezahlt. Jetzt machen wir es umgekehrt.« Anton spielte diesmal nicht ungeschickt. Der Wind machte ihm zu schaffen, er stieß ein paar Figuren um. Diesmal schien der Alte auf seiner Seite zu sein. Wenn er einen falschen Zug machte, zeigte er ihm den Fehler. Er tat, als sei er der Lehrmeister eines schlechten Schülers. Die Partie dauerte lang.
Bei der Revanche war Anton schlechter, obgleich er sich Mühe gab, lange nachzudenken und in die Gedanken des Gegners einzuschleichen. Die Worte des alten Mannes kamen ihm vor wie ein Urteilsspruch. Er kämpfte nicht um sein Leben. Auf eine ihm unbekannte Art war es verwirkt. Er blieb ganz ruhig. In Zukunft brauchte er über dies Wie und Warum nicht mehr nachzugrübeln. Es gab also doch eine Vorbestimmung, wie Sati und die Buddhisten sie sich vorstellten. Zum ersten Mal gelang es Anton, die Konzentration für das Schachspiel aufzubringen. Er machte Züge, die sogar der alte Mann zu bewundern schien. Anton blickte nie auf, er sah nur die Hände seines Gegners und Partners dicht über dem Spielbrett, die Hände eines alten Mannes mit ihrem Adernnetz,

mit den Falten und verdickten Gelenken. Sie bewegten sich zielstrebig und genau, hatten lange Finger und Nägel. Anton spürte einen Luftzug im Nacken. Er drehte sich um und entdeckte, daß der Stuhl ihm gegenüber frei war. Er sah die Gestalt seines Gegners nicht mehr. Durch einen Windstoß waren das Schachbrett und seine Figuren umgeweht, sie lagen auf dem Boden. Als Anton sich bückte, um sie aufzuheben, waren sie vom Erdboden verschwunden.
Der Tod hatte sein Eigentum nicht im Stich gelassen. War er geizig? Führte er Buch über seine Opfer? Strich er ihre Namen auf der Verlustliste aus? Anton legte das Geld für die Zeche auf den Tisch und stand auf. Schleppend stieg er den Weg zur Villa Harun ar-Raschid des Blinden hinauf. Wieder begegnete er keinem Menschen. Der alte Mann hatte die Spielregeln nicht eingehalten. Anton war also doch nicht auserwählt, an der Cholera zu sterben und in dieser halbtoten, halblebendigen Stadt begraben zu werden.

Die Siesta war vorbei. Die Menschen kamen, einer nach dem anderen, heimlich, als hätten sie ein schlechtes Gewissen. Die Reste des Festmahls wurden abgetragen. Zwei Mädchen kehrten die Blätter und Blüten auf den Pflastersteinen des Innenhofs zusammen. Die Stimmung war bedrückt und still. Die meisten Gäste waren schon gegangen.
Der Blinde hatte Anton in seine Villa am Berghang eingeladen. Er zeigte ihm die Räume mit den vergoldeten Stuckdecken, die kaukasischen Teppiche und die schweren dunkelroten Samtvorhänge. Der Duft in den Wohnräumen war so stark, daß Anton schwindlig davon wurde.
»Hast du vorhin die Wahrheit gesagt?« fragte der Blinde, der auf der Terrasse eine dunkle Brille trug. »Bist du wirklich auf der Suche nach mir um die halbe Welt gereist? Kannst du dir vorstellen, hier zu wohnen?« Anton fiel keine passende Antwort ein. »Hauptsache, wir haben uns gefunden«, sagte er schließlich.

»Von deiner Mutter habe ich noch ein Ölbild gemacht.« Er führte Anton in ein fensterloses Atelier, wo seine Skizzen, Aquarelle und ein Ölbild hingen. Auf den Bildern waren meistens Frauen oder orientalische Drachen und geflügelte Schlangen zu sehen.

Anton betrachtete die üppige Orientalin, die seine Mutter sein sollte.

»Ich habe noch nie etwas von einem blinden Maler gehört«, sagte Anton.

»Es kommt auf die Methode an. Man malt mit den Fingerspitzen.« Anton fand zwischen Orchideen am Bildrand den Namen Olga. Leo war schon ein paar Bilder weitergegangen. Er kannte die Reihenfolge genau.

»Wie gefällt dir die Braut von heute?« fragte der Blinde. »Sie hat jahrelang bei mir saubergemacht. Jetzt ist ihre Mutter an ihre Stelle getreten. Eine ausgezeichnete Köchin, die manche Rivalinnen für eine Giftmischerin halten. Trotz meiner Blindheit bin ich bei Frauen sehr beliebt.«

»Die Braut gefällt mir gut«, sagte Anton.

»Wir brauchen die Finger, um die Augen zu ersetzen«, erklärte der Blinde. »Was man nicht sieht, kann man abtasten von oben nach unten. Die Haut der Frauen ist nur für die Liebe gemacht. Ich habe eine neue Art von Zärtlichkeit erfunden. Dagegen hat sich noch keine meiner Geliebten gewehrt. Die Frauen haben hier oft vergessen, daß ich blind bin. Ich habe sie auf andere Weise entschädigt. Deine Mutter war eine der letzten, die ich gesehen habe vor dem Duell. Eine schöne, unbefriedigte Frau. Die Mutter der Braut, die mir den Haushalt führt, hat gesagt, du siehst ihr ähnlich. Das ist der beste Beweis für die Echtheit deiner Behauptung. Wenn du bei mir ähnliche Züge findest, können wir sicher sein.«

»Ich weiß nicht, ob ich dein Sohn sein möchte«, sagte Anton, »aber es scheint so zu sein.«

»Du hast mich dir anders vorgestellt, das kann ich mir den-

ken«, sagte der Blinde. »Gut, daß ich nicht auch dein Pate bin.«
Anton sagte, er brauche keinen Paten.
»Schon eher einen Vater«, behauptete der Blinde.

Wieder nistete sich Schweigen zwischen ihnen ein. Vater und Sohn hatten sich nichts zu sagen. Sie belauerten sich gegenseitig. Anton fing Bilder und Szenen ein, dem Blinden entging kein Laut, auch nicht vom exotischen Vogelgetriller. Weiße Katzen mit schräggeschnittenen bösen Augen. Die Augen wirkten noch größer und angriffslustiger, alles in diesen Katzengesichtern spannte sich wie vorm Sprung in das verlorene Gesicht Leos, der die Brille abgesetzt hatte. Der Blinde wagte es, den Katzen in die Augen zu greifen – was für ein Glanz! Er ließ sich kratzen, während er mit den Fingerspitzen der Wölbung der Augäpfel nachfuhr und sie mit den Murmeln und bunten Fäden verglich, mit denen sie als Kinder gespielt hatten. Der Hund Alibaba hielt an der Haustür Wache.
»Ich weiß, du glaubst an keinen meiner Heilerfolge. In Istanbul, wo ich mich nicht mehr blicken lasse, würde ich nur als Scharlatan gelten. Du bist jung und gesund. Ich werde dir eines der Capriccios von Goya im Postkartenformat mit auf den Weg geben, das dir noch nützen kann: Der Schlaf der Vernunft gebiert Ungeheuer, lautete die Inschrift. Ich kenne den Kupferstich noch von meinen besseren Tagen her: Ein junger Mann wie du ist über seinem Malergerät zusammengesunken, erdrückt vom Gewicht von Nachtvögeln und Ungeheuern; ich könnte es heute noch aus dem Gedächtnis nachzeichnen. Etwas Talent und Eitelkeit mit einer Prise orientalischem Wohlgeruch könnten dir nichts schaden. Aus der Stadt hast du Gestank mitgebracht, der meine vielfach geimpften Patienten an Cholera erinnert. Ich habe ein Medikament gegen Seuchen erfunden, das noch jedem, vor allem mir selbst, geholfen hat. Noch eine Frage: Bist du eigentlich geimpft? Ungeimpfte dürfen mein Haus nicht betreten. Ich muß die

Gelegenheit nutzen, wieder einmal deutsch zu sprechen. Ich bin aber kinderlos, was auch seine Vorteile hat. Setzen wir uns auf die Terrasse. Jetzt bist du dran mit dem Erzählen. Soweit ein so junger Mensch überhaupt schon eine Geschichte aufzuweisen hat.«

»Immerhin war ich im Krieg. Habe mehr Leichen als ein Pathologe gesehen. Zwei Schüsse in den Rücken und Gesäß abgekriegt. Habe einen Mongolen im Nahkampf getötet, andere Opfer mit dem Maschinengewehr umgebracht.«

Die alte Türkin servierte Beeren. Im Gegensatz zu der Braut, die blühende Augen hatte, war sie kurzsichtig und verwechselte bei der Essensbereitung manchmal die würzigen Kräuter.

»Wird es ein Festessen wegen der Rückkehr des verlorenen Sohnes geben?«

Noch nie glaubte Anton eine so häßliche Frau gesehen zu haben, trocken und dürr, mit dünnem Haar und knöchernen Gelenken. Sie sah aus, als habe sie eine Hungerkur gemacht, um die Braut aus Leos Armen zu befreien. Die Frauen wurden schon vor der Geburt des ersten Kindes üppig wie fast alle Mütter von Üsküdar. Die Dämmerung war nah, und es gab keine quälende Sonne mehr.

»Kein Festmahl«, befahl der Blinde, »das ist auch so eine lächerliche Legende, wie sie in der Bibel stehen. Du gehst in die Kirche. Das habe ich euch allen schon so oft verboten. Weder verlorener noch wiedergefundener Sohn, falls es überhaupt einer ist, sondern ein junger Mann, der meine Ruhe stört, obgleich er mir helfen könnte. Ich behandle ihn als Gast, wenn ich ihn auch nicht eingeladen habe.«

»Er ist von selbst gekommen«, sagte die alte Türkin, »hat es wohl aus irgendwelchen Gründen nötig gehabt. Ist vielleicht krank. Du solltest ihn aus dem Hause weisen.« Sie stellte das Tablett auf den Gartentisch. Sie sagte, sie habe die Sahne vergessen, die der Blinde liebte und auf der Zungenspitze zergehen ließ. Anton mußte sie aus der Küche holen. Es fängt

schon an mit der Sklaverei, dachte er. Der Blinde sprach nicht von sich, er wollte mehr aus Antons Leben hören.
»Wenn Herr Winter tot ist, bist du jetzt der Erbe.« wollte der Blinde wissen.
»Es scheint so«, erklärte Anton gleichgültig, »vorläufig ist das alles noch beschlagnahmt von der amerikanischen Besatzungsmacht.«
»Was machst du jetzt, außer deinen unwürdigen Vater zu suchen«, fragte der Blinde.
»Ich bin Student.« Antons Stimmer klang schroff. »Ein Professor hat mich für Vergleichende Religionswissenschaft und für Byzantinismus gewonnen.«
»Reichlich viel auf einmal«, sagte der Blinde, »wenn du das nur schaffst.« Die Stimme des Blinden klang quengelig. Warum sollte sein Sohn, an dessen Existenz er sich allmählich gewöhnte, begabter als er sein.
»Er hat mir sogar ein Stipendium für eine kalifornische Universität besorgt«, sagte Anton, »ich werde bald Amerika kennenlernen.«
»Du hast ja einen Mentor«, erklärte der Blinde. »Der Vater kommt mir dabei vollkommen überflüssig vor.«
Der Himmel hatte sich nach dem Hitzetag mit stumpfen blaugrauen Wolken bezogen. Die Bürger von Üsküdar warteten seit Wochen vergeblich auf Regen. Sie hofften auf einen Wetterumschwung.
»Ich habe mich eingerichtet in meinem Leben«, sagte er. »Der Postbote erledigt für mich Besorgungen, er holt Bücher aus der Stadt.« Beim Signal des halbleeren Fährboots gab Leo Anton zum ersten Mal einen Abschiedskuß auf den Mund. Ekelhaft, zumal Anton zum ersten Mal an die Ansteckungsgefahr dachte. Er lud den Blinden, der immer von Sehen und Farbenpracht sprach, in das Sommerhäuschen bei den Silberpappeln auf der anderen Seite des Bosporus ein.
»Später einmal«, sagte der Blinde. »Du weißt, wie zurückgezogen ich lebe.«

Kaum hatte die Fähre sich in Bewegung gesetzt, als Antons Fluchttrieb ausbrach. Mein Vater braucht mich nötiger als ich ihn, dachte er. Die Reise zu ihm beginnt lächerlich zu werden. Die Galaterbrücke war gesperrt. Vor ihr patrouillierten Soldaten in Uniformen, die ihnen nicht paßten. Sie hatten alle Kindergesichter. Zwei dieser Soldatenkinder schleppten sich mit Kalaschnikows ab. Zwischendurch spielten sie mit Bällen, warfen sie ins stinkende Wasser, sahen zu, wie sie versanken. Die Brücke, die Stambul mit seinen Schwesterstädten verband, hatte Anton bisher immer nur überfüllt, bunt und bewegt gesehen. Es tat ihm weh, sie leer unter dem Nebel zu finden.

Am nächsten Tag stand Anton früh auf. Es kam ihm vor, als sei die Stadt über Nacht leer geworden. An vielen Mauern klebten Warnungstafeln, von deren Text er nur das Wort Cholera verstand. Von der Uferstraße hörte er Geräusch und Gerüttel eines alten Panzers. Nichts war neu in Stambul, es gab keine grellen Farben, nur Zwischentöne – stumpfes Weiß, perlmuttern, eierschalenfarben.
Was sollte der Panzer hier? Es war doch kein Krieg ausgebrochen. Soldaten und Waffen konnten nichts ausrichten gegen die unsichtbare Gegnerin, die durch alle Gassen und Häuser schlich und überall Opfer forderte. Anton stellte sie sich als Riesenkrake vor, die hundert Arme und Beine ausstreckte und die Gifte verspritzte. In der Moschee fand er einige Türken in der Haltung des Stundengebets. Sie küßten den mit staubigen Teppichen bedeckten Boden. Die beste Gelegenheit, um sich anzustecken. Nichts berühren, nichts anfassen. Übertrug sich die Krankheit auch mit dem Atem? Die Seuche, eine Feindin des Lebens. Zwar gelang es, die übervölkerte Stadt leerzumachen. Ungewohnte Stille, unheimliches Schweigen am Serail, wo sich sonst die Touristen drängten. Halbleere Busse, Polizeiautos mit gellenden Signalen. Nebelhörner in der Ferne.

Esra, der Frühaufsteher, war bereits im Garten des Sommerhauses, er schnitt Rosen, als er Anton zum ersten Mal wiedersah.
»Zurück aus Üsküdar?« fragte er ironisch. »Hast du deine Geschäfte dort erledigt und gefunden, was du suchst?«
»Ich brauche nicht mehr weiterzureisen«, erklärte Anton etwas bedrückt.
»Endlich am Ziel?« fragte Esra, der schon wieder an seinem Arbeitstisch saß.
»So kann man es nennen.«
»Einen frohen Eindruck machst du nicht. Hat das Ergebnis nicht deinen Erwartungen entsprochen?«
Anton schwieg. Er verschwand in der Küche, um das Frühstück vorzubereiten.
»Ich habe gefunden, was ich gesucht habe«, erklärte er, als er mit dem Frühstückstablett wiederkam.
»Eine Enttäuschung. Habe ich mir immer gedacht, aber nichts gesagt. Jeder muß seine Erfahrung selbst machen.«
»Mein Vater ist eine Art Wunderdoktor. Ein Heiler. Hat seine Praxis in Üsküdar. Angeblich sind schon viele Patienten durch ihn glücklicher geworden. Kaum zu glauben, denn er ist blind.«
Er hat sich in seiner Villa orientalisch eingerichtet. Lebt abseits von Istanbul, wo man ihn und seine Kunst nicht schätzt. Seinen Namen habe ich in einer alten Kartei auf dem Konsulat entdeckt. Auch in Üsküdar wird er Leo genannt. Er hat keine Verwandtschaft. Steht genau so allein wie ich. Eins seiner Augen hat er bei einem Duell mit einem ehemaligen Bundesbruder verloren. Der Sehnerv des anderen konnte nicht gerettet werden. Seitdem erzählt er jedem, daß er ein Invalide ist, der trotzdem der kranken Menschheit zu helfen versucht.«
»Also alles anders, als du es dir ausgedacht hast. Er entspricht nicht deinem Wunschtraum. Dir kann er nicht helfen.«
Anton hielt es für angebracht, das Thema zu wechseln.

»Wie geht es dir?« fragte er Esra, »keine Angst vor der Cholera? Was macht Justinian?«
»Er hat sein Leben lang an Schlaflosigkeit gelitten«, sagte Esra. »Es gibt Gerüchte, die behaupten, er habe nie mit Theodora geschlafen und wie ein Junggeselle gelebt. Daß er seine Nächte mit Palastinspektionen verbrachte, weißt du ja schon. Was er am Tag machte, wenn er nicht gerade wichtige Regierungsgeschäfte hatte, ist weniger bekannt. Er konnte sehr grausam sein. War zugegen bei der Hinrichtung von Piraten. Liebte Eroberungsfeldzüge, die er sich in seinen schlaflosen Nächten ausgedacht hatte. Kannte neue Foltermethoden. War ein ausgezeichneter Jäger, der immer Beute machte.«
»Genug«, unterbrach Anton, »diese Dinge will ich nicht hören. Sie verderben mir auch noch mein Kaiserbild.« Er stand vom Frühstückstisch auf. »Muß in die Stadt. Bin verabredet. Möchte sehen, wie es dort aussieht.«
»In den nächsten Tagen wirst du wenig von mir sehen«, sagte Esra. »Unser Sommerhäuschen wird dir allein gehören, wogegen du gewiß wenig hast. Für mich bist du so etwas wie ein römischer Bürger, unser Freund von Sagunt, der sich seinen Arbeitern widmet, während auf den Uferstraßen immer noch Völkerwanderer ziehen und sich gegenseitig bekämpfen.«

Kein Tag, an dem Anton nicht über die Galaterbrücke in die Altstadt eindrang. Das erste, was ihm auffiel: Auf einmal konnte er frei umhergehen, ohne auf den Verkehr zu achten. Es fuhren nur noch wenige Autos und Busse. Nirgends das Menschengewühl, das er von früher her kannte. Die Händler auf den Straßen boten ihm ihre Ware zu Schleuderpreisen an. Die Stadt gehört mir, dachte er, ich werde mich daran gewöhnen, daß es hier immer weniger Menschen, keine offenen Lokale, Kirchen und Moscheen gibt. Mühelos fand er den Weg zur byzantinischen Kirche, wo er noch Fresken entdeckte, die nicht einmal Esra kannte. Er wandte sich nicht ab, wenn wieder ein Krankenwagen mit Sirenengeheul durch die

engen Straßen und Gassen fuhr. Vor einem der größten Krankenhäuser blieb er stehen.
Viele Patienten wurden in Handwagen von Angehörigen in die Klinik gebracht. Er entdeckte auch Paare, die sich gegenseitig stützten. Man konnte den Kranken nicht vom Gesunden unterscheiden. Er blickte in den Himmel, der dunstig war und übel roch. Es gab kaum Lärm hier, überhaupt keine Klagen in der Krankenhausanlage.

Kein Hammel ohne Knoblauch. Niemand wußte es besser als die alte Türkin, die trotz Leos Verbot ein Festessen für Anton zubereitete.
Zum Festmahl erschien noch ein weiterer Gast, den Leo eingeladen hatte – ein Kollege Dr. Morris, ein Arzt, der in Oxford seine Examen gemacht hatte und jetzt aus Neugier den Wunderdoktor von Üsküdar besuchte. Gegessen wurde auf der Terrasse am Holztisch. Die Türkin servierte Kräutertee statt Suppe und fettes Hammelfleisch mit Kartoffeln und einer braunen Sauce. Gesprochen wurde über türkische Gerichte. Dr. Morris lobte die Küche, besonders wenn er sie mit der englischen Ernährung verglich. Anton wunderte sich, daß ein so kultivierter Mann wie Morris kein anderes Gesprächsthema fand.
»Können wir nicht von etwas anderem sprechen?« sagte der Feinschmecker Leo. Seine Stimme klang leise, verängstigt. Sein Gesicht sah verändert aus, gedunsen und fiebrig. Etwas Ekelhaftes geschah, auch Dr. Morris konnte es nicht verhindern. Leo mußte sich übergeben. Er nahm die Mullbinde, mit der er vor kurzem noch seine blinden Augen vor der gewittrigen Sonne geschützt hatte, vor sein Gesicht. Er versuchte, den Husten, der ihn plötzlich quälte, durch einen Druck auf Nase und Mund zu ersticken.
Die Türkin brachte einen Eimer mit einem Eisgericht, das eigentlich das Dessert der Mahlzeit bilden sollte. Leo erbrach sich zum zweiten Mal. Er fand kein Taschentuch mehr. Spei-

chel und Blut rannen aus seinen Mundwinkeln. Sein Gesicht nahm eine bläuliche Farbe an. Er konnte die Hände nicht ruhig halten. Er stand auf und schleppte sich zur glänzend geputzten Toilette, in deren Spiegel er seine Eitelkeit überprüft hatte, obgleich er nichts von sich sah. Sein Atem ging rasselnd, er öffnete den Mund.
»Nun hat es ihn also doch erwischt«, sagte Dr. Morris zu Anton, aber die empfindlichen Ohren Leos hatten es aufgenommen.
»Unmöglich«, sagte er deutlich und klar. »Mir passiert so etwas nicht. Auch die Blattern haben mir nichts anhaben können. Ich brauche keine Impfungen. Ada wird mir die Medikamente bringen, sie weiß, wo sie liegen.«
Anton hatte inzwischen den Eimer mit dem stinkenden Eiswasser hinausgetragen und ausgeleert. Leo stöhnte, er lag auf der Gartenliege und erbrach sich zum dritten Mal. Gelbliche Flüssigkeit rann aus seinem Mund.

Dr. Morris erschien an der Hintertür in einem Ärztekittel.
»Wir tragen ihn jetzt herein ins Badezimmer, damit er es nicht mehr so weit zum Becken für den Durchfall hat. Am besten, man läßt ihm seine Ruhe. Ein Wunder, daß er noch sprechen und laufen kann.«
»Es geht mir schon besser.« Leo verlangte, daß man ihn in sein Bett mit dem Baldachin trug.
»Fenster auf«, verlangte der Blinde, »die Luft hier drinnen kann ich nicht ertragen. Ich werde ersticken.« Gleich darauf fand er die Kraft, Befehle zu erteilen. Niemand von seinen Nachbarn sollte wissen, daß er nun unfähig war, Cholerapatienten zu pflegen.
»Ich werde du«, sagte der Blinde. »Gebe dir alles, was dir noch fehlt. Schön, daß du gekommen bist. Jetzt weiß ich, daß ich etwas hinterlasse. Warum bist du so still? Hoffentlich betest du nicht um mein Seelenheil, oder wie man das nennt. Ich bin zweimal bestraft worden. Die Erblindung war schlim-

mer als der Tod. Ich kenne meine Verbrechen nicht, weiß nur, daß ich schuldig bin. Schuldiger als die Angeklagten, deren Richter ich war. Sei froh, daß du keinen Vater mehr hast, nicht um die halbe Welt fahren mußt, um mich zu finden. Keine Strafe – ich bin nicht dein Richter. Gib mir die Hand, oder laß es lieber. Habe nie gewußt, was das ist – ein Vater. Sonderbar, ich habe auf einmal keine Schmerzen mehr. Kann in ganzen Sätzen reden. Meine Nerven bekommen wieder Befehle. Das Gehirn, widerlich, es ekelt mich, habe nie davon gegessen. Soll eine Delikatesse sein. Deine Mutter Olga hat mir vieles erspart. Als Blinder konnte ich das Bild, das ich von ihr gemalt habe, Stück um Stück zusammensetzen. Die letzte Frau, die ich mit meinen eigenen Augen gesehen habe. Alle, die später kamen, konnte ich nur abtasten. Fingeraugen. Die Hand – ein besseres Instrument für die Liebe gibt es nicht.«
Anton täuschte sich nicht: Sein Vater lachte, es war aber nicht die Stimme, die er kannte. Etwas lachte aus Leo spöttisch, boshaft, das waren nicht die richtigen Worte. Die hätten zu Asmodi, dem Voyeur und Dämon, gepaßt. Das Bekenntnis war vorüber, es hatte dem Vater den letzten Rest seiner Kräfte geraubt.
Er war jetzt still, zu still. Anton fragte sich ob er noch atmete, da kam wieder die Asmodi-Stimme, schwach aber deutlich. Ein Befehl: Umarme mich. Ein einziges Mal will ich dich spüren, prüfen, ob du der Richtige bist. Habe 21 Jahre auf dich gewartet.« Anton mußte einen Widerstand überwinden. Ich muß es tun, nicht als sein Sohn, sondern als Krankenpfleger. Würde es bei jedem Patienten machen. Sein letzter Wunsch. Anton kniete sich wieder vor dem Bett nieder, ergriff seine Hände mit den zu langen Fingernägeln.
»Näher«, flüsterte der Blinde. »Ich will dich umarmen.«
Rätselhaft, woher er die Kraft nahm, um Anton an sich zu ziehen. Von außen hätte das mehr wie ein Ringkampf ausgesehen, keine liebevolle Umarmung, kein Todeshauch. Anton

riß sich los. Er will mich mitnehmen, dachte er. Aber Leo irrt sich, es wird ihm nicht gelingen.
Der Blinde röchelte, er war bewußtlos, würde kein Wort mehr sagen. Da lag er oder das, was noch von ihm geblieben war. Gehorsam, duldend, einverstanden, es gab keinen Widerstand mehr. Anton sah nur noch seinen Kopf, das Profil, scharf geschnitten, die offenen kranken Augen, die er gleich zudrücken mußte. Alles andere war unter dem Laken und der Wolldecke unsichtbar, nur vorstehende Knochen an Ellbogen und Knien.
Leos Atem ging rasselnd, trotzdem hatte Anton den Eindruck, daß er schlief. Sein Gesicht veränderte sich ständig. Manchmal sah es gedunsen aus, dann wieder faltig und leer. Einmal deutete seine linke Hand mit dem Schlangenring, dessen Zwilling Anton bei seiner Mutter gesehen hatte. Anton zog ihn mühelos ab von dem dünnen und knochigen Finger.
Der Blinde fand die Worte nicht mehr. Speichel und Blut rannen aus seinen Mundwinkeln. Leo glaubte, die alte Türkin und ihre Tochter, die Braut, seien im Zimmer. Er murmelte die beiden Namen. Als er keine Antwort erhielt, sagte er auf einmal deutlich und laut: »Olga.«

Die Cholera breitete sich in konzentrischen Kreisen aus – von den Lederfabriken am Goldenen Horn, wo die Armen auf Hausbooten zwischen Gasometern und Fabriken hausten, bis zu den Villen und ehemaligen Palästen am Ufer des Bosporus. Sie rückte mit mathematischer Genauigkeit vor. Traf die Gerechten und Ungerechten, die Reichen und Armen. Auch in Üsküdar gab es einige Fälle. Die Einwohner nahmen die Seuche gelassen hin – aus Fatalismus und weil sie glaubten, auf diese Weise eher in Allahs Paradies zu kommen. In den engen Bazarstraßen hörte man kaum eine Klage. Wenn Anton sich anbot, Hilfe zu leisten, gab man keine Antwort oder drehte dem Fremden den Rücken zu. Als Anton vor Leos

Beerdigung in das von seinem Vater selbst entworfene Mausoleum kam, waren in Üsküdar die Uferlokale schon wieder geöffnet. Die Männer saßen an den Holztischen im Freien, spielten Domino und Schach. Es fiel kein Wort. Antons Gruß wurde nur selten erwidert.

Die Bosporusdampfer mit den schwarzen Rauchfahnen fuhren am Landesteg Üsküdars vorbei, ohne anzuhalten. Der Höhepunkt der Epidemie war vorbei. Eines Tages fuhren wieder die Fähren, die Busse und Taxen. Die Post wurde ausgetragen, das Telefon funktionierte, so daß Anton Esra die Nachricht vom Choleratod seines Vaters übermitteln konnte. Das Draht- und Nervengeflecht der Stadt heilte wie von selbst. Die Trauer um die Toten war gedämpft.

Anton ließ den Hausstand seines Vaters versteigern. Das Publikum der Auktion hörte nur ein paar Minuten zu. Dann fing der Kampf um die falschen orientalischen Schätze an. Am eifrigsten waren ehemalige Patienten, besonders wenn es um Brokatkleider, Goldschmuck, Teppiche und Vorhänge ging. Jeder wollte ein Andenken an den teuren Verstorbenen haben. Anton wußte, daß es sich bei den meisten orientalischen Nachlaßstücken um Fälschungen handelte. Die Auflösung der Praxis hatte Dr. Morris übernommen, der mit einem Apotheker des Ortes in Verbindung stand.

Der Geschäftsführer des Sheraton fand es an der Zeit, seine Gäste und Freunde des Hauses zu einem Empfang auf dem Dachgarten zu laden. Kein gerade geschmackvoller Gedanke, die Überlebenden der Epidemie zu feiern, fanden Anton, Morris und Esra, die zu dieser makabren Feststunde eingeladen waren. Die Damen kamen in Sonntagsgarderobe mit kunstvollen Frisuren. Über die Cholera wurde ebenso wenig gesprochen wie über ihre Opfer. Es gab Champagner und süße Kuchen. Anton blickte in den immer noch rötlichen Himmel über der Altstadt. Aus dieser Höhe, dachte er, sieht auch eine verwüstete Stadt imponierend aus. Die Bazar-

straßen waren gereinigt. Die üblen Gerüche hatten sich aufgelöst. Anton gelang es, trotz allem Gedränge, seinen Freund O'Brion, der auch in der Stadt geblieben war, zu finden. »Das Lächeln der Götter« nannte O'Brion die Gesichter der Überlebenden, die die Teile der heilgebliebenen Stadt mit Champagner und Törtchen begrüßten, als gäbe es einen Geburtstag zu feiern. Das Wasser war farblos und still. Der Wind hatte sich gelegt. Anton dachte an die Leichenberge, die in der Tiefe unter ihnen lagen wie die Gefallenen im Krieg nach einer Schlacht. Der Himmel war wieder heller geworden und hatte sich mit Schäfchenwölkchen geschmückt.
Morris, O'Brion, Esra und er saßen an einem der Dachgartentische. Anton hatte die Herren miteinander bekanntgemacht. Es wurde englisch gesprochen. Morris, der zum ersten Mal zu einer Dachgartenparty im Sheraton eingeladen war, wollte nach Schottland zurück, wo er sich eine Stellung besorgen wollte. Esra hatte durch den Botschafter Konstantin zwei Flugtickets in die stehengebliebene Stadt bekommen, wo Anton sein Elternhaus an die Rosenbaums vermieten oder verkaufen wollte, ehe er nach Amerika aufbrach. Esra wurde zur neuen Vaterschaft beglückwünscht, denn noch in den Tagen der Cholera war Esther mit einer Tochter, die sie Olga nannten, niedergekommen.
Zum ersten Mal seit Ausbruch der Cholera sah er wieder die Lichterketten an den Uferstraßen und auf den Passagierschiffen, die alle Meerengen heil überwunden hatten und sich jetzt durch heulende Signale zur Stelle meldeten. Heute stand die Mondsichel fast waagrecht über der Brücke, die Europa mit Asien verbinden sollte, aber noch nicht ganz fertiggebaut war.
»Die Golden Gate Bridge in San Francisco hat hier Pate gestanden«, behauptete O'Brion. »Denke daran, wenn du drüben bist.«
Esra gefiel es in der stehengebliebenen Stadt, in der jeder der Herren ein paar Semester studiert hatte. Er würde Anton

nicht nach Kalifornien begleiten können, da er ein europäisches Reise- und Vortragsprogramm über das Ende des römischen Imperiums nicht absagen konnte.

»Alles klar«, sagte O'Brion zu Anton zum Abschied. »Stipendium in Stanford bekommen. Vater gefunden und wieder verloren. Das Stück ist aus.«

Es schneite. Vor einer Woche waren die letzten Blätter gefallen. Durch ihr Laub, das am Boden lag, war Anton hindurchgepflügt, weil ihm das Rauschen gefiel. Schneeflocken wirbelten umher, sie bildeten Kreise, sie stiegen auf. Sie waren lebendig, jede Flocke ein Einzelwesen, das sich auf- und abwärts bewegte. Der Wind, der vom Fluß heraufwehte, trieb die Flocken an. Trockener Schnee. Anton fing die Flocken auf. Jetzt wurden sie feucht, verwandelten sich in Regen. Solange er zurückdenken konnte hatte es in der stehengebliebenen Stadt noch nie geschneit. Er erinnerte sich nur an Regenschnüre und an den bunten Blätterfall im Herbst. Das Laub bedeckte dicht wie ein Teppich die Erde. An einer Wegkreuzung mit Tannen und Fichten erkannte Anton, daß er zu Hause war. Der Regen hatte sich hier oben wieder in Schnee verwandelt. Auf dem Bazar in Istanbul hatte Anton eine Glaskugel mit dem Modell der stehengebliebenen Stadt im Miniaturformat gekauft. Aus Spaß hatte er die bunte Kugel mit auf die Reise genommen. Er erfreute sich an ihrer Winzigkeit. In dir liegt die Stadt, die dir Unglück bringt, dachte er, sie ist im Schnee begraben. Die weiße Hügellandschaft war ihm fremd. Ab und zu bekam er Lust, das Glasgehäuse zu zerstören. Kein Geräusch liebte er so sehr wie das Klirren von Scherben. Aber das Glas der Kugel war hart und dick, er hätte es gegen die renovierten Mauern des Schlosses werfen müssen, um das Miniaturmodell aus seinem Gefängnis zu befreien.

Noch immer hing das Schloß bedrohlich dicht über ihm. Er stolperte über eine der Steinstufen. Die Fassade war rosarot, als würde sie von innen beleuchtet. Das Haus in der Eichenallee fand er nur mit Mühe. Er klingelte erst zaghaft, dann stärker und dreimal hintereinander. Niemand öffnete. Anton stand draußen im Schnee. Er machte lange Schritte, er stapfte, um sich zu erwärmen. Er trat auf den Rasen, von wo aus man die Villa mit Rustikastein überblicken konnte. Seine einzige Lichtquelle war eine Taschenlampe, deren Batterie

immer schwächer wurde. Eine Befürchtung beunruhigte ihn. War Esras Familie etwa umgezogen? Hatten sie sein Elternhaus für unbewohnbar erklärt? Fand Esther die neue Umgebung unheimlich und ungeeignet für kleine Kinder? Esra fror gewiß in seinem Arbeitszimmer. Mit der Heizung war nicht alles in Ordnung. Zum ersten Mal fand Anton Vertrauen zu seinem Elternhaus. Noch gehörte es ihm, er gab es nur ungern auf. Die neuen Mieter ließen ihn draußen im Schneegestöber stehen. Keiner war da, um ihn zu empfangen. Er hatte sich nicht angemeldet. Sein Besuch sollte eine Überraschung sein. Hinter einem Fenster flackerte ein Kerzenlicht. Die Haustür wurde aufgeschlossen. Schritte hörte er nicht. Das Kind Markus stand barfuß im Nachthemd auf der Türschwelle.
»Alles weiß«, bemerkte Markus, der diese Kulisse zum ersten Mal sah. Ein junges Mädchen im weißen Kittel mit Mokassins kam die Treppe hinunter. Sie nahm das Kind zu sich. Sie fragte, wer Anton sei. Markus antwortete an seiner Stelle: »Ein Onkel.«
»Ich bin hier die Babysitterin«, sagte das Mädchen. »Esra und Esther sind im Theater. Ich habe nicht aufgemacht, denn ich dachte, das können nur Einbrecher sein.«
»Ich bin der Hausbesitzer«, sagte Anton. Es klang so komisch, daß die Babysitterin in Gelächter ausbrach.
»Dazu sind Sie zu jung und überhaupt...« In diesem Augenblick wurde die Haustür aufgeschlossen.
»Anton«, rief Esra erfreut, »was für eine Überraschung. Wir hatten dich erst nächste Woche erwartet.« Esther gab ihm zwei Küsse und fragte, wie er heimgekommen sei. Mit dem Bus?
»Zu Fuß«, sagte er, »im Schnee. Die alten Waldwege.«
»War es schlimm«, fragte Esra, »das Wiedersehen mit der stehengebliebenen Stadt?«
»Nein«, sagte Anton. »Im Gegenteil. Sie hat mir gefallen.«
»Und das Haus?« wollte Esther wissen.

»Heute könnte ich hier wohnen. Als ich draußen im Schnee wartete, kam es mir so vor.«
»Genug«, sagte Esra. »Du wirst dich erst einmal ausschlafen.« Diese Straße der Prüfung lag hinter ihm. Zum ersten Mal stellte er fest, daß die Stadt mit den vielen Kirchen in einem leichten Uferbogen lag, Aus einer gewissen Entfernung konnte er die Türme mehrerer Kirchen und Wohnhäuser, die sich in die Landschaft einschmiegten, erkennen. Er hatte Heimatgefühle, aber vielleicht kam das nur von seiner Müdigkeit.

Nie hatte Anton geglaubt, daß er Norman, einen Komilitonen aus Stanford, in der stehengebliebenen Stadt herumführen würde, von der Altstadt mit den beiden Brückenbögen über die aufdringliche flache Schloßkulisse, die große Terrasse, durch den Kastanienwald.
Norman sagte: »So klein, so fein.« In den Kellern des Schloßes langweilte er sich; dem Hauszwerg konnte er nichts Dämonisches abgewinnen. Auf der Hauptstrasse herrschte die übliche Schläfrigkeit. Frühlingsluft lag über den Hügeln.
»Gefällt es dir«, fragte Anton, »könntest du hier leben und arbeiten? Es hat mir früher nie gefallen«, sagte Anton. »Ich habe hier weder gearbeitet noch studiert, bin nur selten in Vorlesungen und Seminare gegangen und habe die Gedanken des Allwissenden gehört, der jetzt seine Koffer packt und im Ausland leben wird.«

Zu Olgas Geburt gaben Esra und seine Frau ein Fest in Antons Haus. Esra und Norman schmückten Terrasse und Zimmer. Anton wurde zum Paten der kleinen Olga ernannt.
»Übrigens hieß meine Mutter so«, sagte Anton.
Aus der stehengebliebenen Stadt waren Freunde und Bekannte eingeladen worden.
Anton spürte die winzigen Füße in seinen Händen. Das Baby, das eine Zeitlang vollkommen ruhig gewesen war, brach in

ein ohrenbetäubendes Geschrei aus, so als wolle es sich gegen einen solchen Paten wehren. Anton fand nicht den richtigen Griff, so daß die kleine Olga fast auf den Boden geglitten wäre. Zum Glück hatte die Mutter die Gefahr erkannt. Esther drängte sich zu Anton und entriß ihm das kostbare Bündel. Das Baby hatte sich müde geschrien. Es schlief in Esthers Armen.

Anton saß zwischen den Kindern, die ihn nur noch den Paten nannten. Als er aufstand, umkreisten sie ihn und riefen: »Gute Fee, böse Fee.«

Esra genoß den Anblick des schlafenden Kindes in der Wiege. Alle merkten: Olga würde sein Liebling sein.